キスだけでイケそうだ。
～そして、俺たちは堕ちていく～

装 画　　えまる・じょん
カバーデザイン　MOBY design

目次

プロローグ

その夜、俺は荒れていた。

三ヶ月間つき合った彼女に、しごくあっさり振られたのだ。

「私のこと、ホントに好きなの？」

別れを切り出した後、彼女は冷たい眼差しで俺に問いかける。

（好きにきまってんじゃん）

心の中ではそう思うが、一方的に別れを告げられてるこのシチュエーションで、未練たらたら「好き」なんて言えるかっつーの。

無言のままの俺に、彼女は呆《あき》れたような一瞥を投げると、勢いよく席を立ち上がりカフェを出て行く。

（おいおい、代金は俺払いかよ。せめてワリカンにしろよ）

突然呼び出し、勝手に別れ話をして、で、支払いはしないで行くんだな……。

一瞬、彼女が笑う時の無邪気な表情が脳裏を横切り、俺の胸がズキリと痛んだ。

＊＊＊

そういう訳で、俺はその夜、荒れていた。

つき合って三ヶ月なんて、本当なら一番ラブラブの時期なんじゃねーの？　と思う。

俺としては、彼女とのつき合いはしごく順調だと思っていたし、エッチの方だって上手《うま》くいってると思っていた。

自分で言うのもなんだが、俺はかなり女性にモテる。大学内では『教育学部のプリンス』――もちろん女子命名。男からすると薄ら寒いネーミングだ――と呼ばれているらしい。

「俺の何がいけなかったんだよ」

バーで酒をあおりながら、隣に座る親友に絡む。

「おまえな、絡み酒やめろ」

そう言いながら、長めの前髪をうっとうしそうにかき上げる仕草が、やけにキマってる。

（邪魔なら髪切れよ、このイケメン、リア充オトコめ）

大学のサークル仲間である酒井恭介《さかいきょうすけ》は、俺が今まで出会った中でナンバーワンのイケメンだ。驚くほど整った顔立ち、モデルのように均整の取れた体躯《たいく》、成績だってズバ抜けてるし、そのうえ家は金持ちだ。さすが東京には、こんな漫画に出てくるような男《やつ》もいるんだなぁと、田舎から上京したての頃の俺は思ったものだ。

きっと、女の子に振られた経験なんかないだろう。

(マジ、うらやましいヤツ……)

普通だったら、出来すぎてちょっとイラつくようなタイプのはずだが、俺と恭介は初めて会った時から意気投合し、大学三年になる今では、一番つるむことが多い相手になっている。一緒にいると楽しいし、落ち着く。俺の中では親友という位置付けだ。

「恭介はいいよなぁ」

男としてプライドが傷つくが、こういう傷心の時くらい本音をさらけ出してもみたくなる。

「マジでカッコいいし、頭もいいし、女に不自由したことないし」

「ばっか。何言ってんだよ」

恭介が呆れたように呟きながら、飲んでいるバーボンのグラスを軽く回す。

氷がカランと心地良い音を立てる。

そういうキザな仕草さえ様《さま》になる恭介の横顔を、俺はぼんやりと見つめた。

「俺、下手くそなのかな?」

「は?」

「……俺、セックスが下手なのかな?」

　恭介が、飲んでいた酒をふき出しそうにしながら、「ヴッ！」というような変な声を上げる。

「だってさ、大学に入ってから女の子と三人つき合ったけど、毎回、長続きしないんだよ。……あっちから告白してきてつき合い始めるのに、しばらくすると、なんでだか俺、振られるんだよなぁ……」

　かなり酒が入っているからか、恥も外聞もなく、今まで心の奥にあった懸念を口に出してしまう。

「〝プリンス〟とか呼ばれていい気になってたけど、……もしかして、俺、ダメ男なのかな……」

　言葉にしてしまうと、マジで落ち込む。

「そんなこと、ないんじゃねえの？」

　困ったように、恭介が小さく呟く。

　そりゃあ、そう言うしかないよな。セックスが上手いか下手かなんて、実際やってみた相手にしかわかんないし。

「――なぁ、ちょっと俺にキスしてみてよ？」

「はぁ!?」

　恭介の目が点になっている。

　そんな間抜けな顔してもイケメンなんだなぁ、なんてアルコールが回りきった頭で考える。

俺も、本物のモテる男になりたいよ。

「おまえ、酔っ払いすぎだから。ちょっと水、飲め」

溜め息交じりに言われて、かなりムッとする。

心が折れそうなくらい傷ついてるのに、なんで真面目に相談にのってくんないだよっ！

「じゃあ、いいよ。誰か別の男に頼む……」

人間、なんでも勉強だよな。セックスだって、教えてもらわなきゃ上手くなれないに決まってる。

今までプロのお姉さんのお店に行ったことなかったけど、今度、ソープとか挑戦してみよう。

でもまずは、女性を夢中にさせるキスのテクニックとかを、モテる男に教えてもらおう。

冷静に考えれば、キスを男に教えてもらうとかありえないはずなのに、アルコールに脳神経をやられてた俺は、その点に疑問を感じていなかった。

「おまえ、それ本気で言ってんの？」

「うん」

しごく真面目にうなずく。

「こいつ、完全に酔っ払ってんな……」

恭介が小さく独りごちるが、ちゃんと聞こえてるよ！

「俺、セックスの勉強する。で、女をメロメロにする！」

決意の握りこぶしを固める俺に、再び、恭介が溜め息をつくのが聞こえる。

「澪《りょう》、……ちょっと、来い」

恭介がカウンターの席から立ち上がり、俺の腕をつかむ。

「何？」

「いいから、来い」

ちょっと強めに腕を引っ張られながら、店の奥にあるレストルームに連れて行かれる。

ゆったりと広めのレストルームには、清潔な芳香剤の香りがしている。

恭介が、ガチャリとドアに鍵をかける。

何が起きているのか理解できてない俺は、酔っ払った頭で、ぼんやりと恭介を見上げた。

百七十五センチの俺と恭介の身長差は十センチ以上もある。まったくもって、チートなヤツめ！

恭介が俺の顎《あご》に手をかけて、クイッと上を向かせる。俺を覗《のぞ》き込んでくる切れ長の瞳は濃い茶色で、なんだか吸い込まれてしまいそうだ。その瞳に魅入られたように動けないでいると、突然、唇に柔らかい感触が触れた。

途端に、全身に電気ショックのような快感が走る。

俺の体が、甘い痺れに細かく震える。上唇を優しく噛むように挟み込み、次は下唇を覆われる。温かく湿ったものが、俺の唇を何度もついばんだ後、ペロリと舌で唇全体を舐め上げられる。

「うっ……んっ……」

恭介の唇がそっと離れていき、俺は自分のものじゃないような、甘ったるい声を漏らしてしまう。

（すっげー気持ちいい……）

無意識に掴《つか》んでいた恭介の腕に、そっと力を込める。

「も一回、して……」

上目遣いに見上げると、色気を滲ませた親友の瞳がギラリと光った。さっきとは打って変わった噛みつくようなキスが降ってきて、唇をこじ開けられる。

（うわっ！　ディープキス！）

恭介の舌が口内に侵入してきて、縮こまった俺の舌を絡め取る。舌同士が触れ合うと、粘膜が絡みつく刺激的すぎる快感に、体中がたまらなくゾワゾワしてくる。くちゅくちゅと舌を絡める音がして、すぐに唾液が溢れ出す。お互いの唾液を交換するような深いキスを、角度を変えながら何度も繰り返す。

……こんなキス、知らない。

気持ちよすぎて、足元がガクガクする。

いつの間にか恋人同士のように強く抱きしめ合っている俺たちの股間は、痛いほどに張り詰めていて、ズボン越しにゴリゴリと擦《こす》れ合う感覚だけでイッてしまいそうだ。

「……ちょっ、待て……」

　貪《むさぼ》り尽くすようなキスをしてくる恭介からなんとか顔をそらし、俺はそのたくましい胸に両手をつっぱらせて密着した腰を離そうとする。

「ヤバイから。……もう、ストップ……」

「何がヤバイ？」

　恋人に語りかけるような甘い声で、恭介が囁く。

「気持ちよすぎて、ヤバイんだよ」

　耳たぶまで熱を持ってジンジンしているが、赤くなってるのは酒のせいということにしよう。

「キスを教えてほしいって言ったのは、そっちだろ？」

　俺の耳元に息を吹きかけるようにして言う恭介に、下腹部がジンと熱くなる。

　マジ、こいつのテクニック、すげえ……。

「……俺の勃《た》っちゃってるから、これ以上は、ヤバイんだよ……」

　これ以上続けると、射精しないといられなくなる。

「いいよ、イケよ。俺が気持ちよくしてやるよ？」

　何、その腰が砕けそうな色っぽい声。

　同性の俺でも一発で落ちてしまいそうだ……。

コンコンと扉がノックされる音に、俺は思わず飛び上がりそうになる。

「おまえ、個室に入れ」

恭介に背中を軽く押され、俺はあわてて個室に入って鍵を閉める。

レストルームの入り口を開錠する音がして、誰かが入ってきたみたいだ。

「失礼」

入ってきた相手にそう声をかけ、恭介が出て行く気配がする。

俺は、独りトイレに座り込みながら、熱く火照った体を持てあましつつ、事の成り行きに頭を抱え込んだ……。


「ずいぶん長くトイレにこもってたな」

戻ってきた俺に、恭介が意味深な視線を投げかける。元いた席に座りながら、俺はそんなやつをジロリと睨みつけてやる。

(悪かったな！　おまえのせいで興奮しちまって、抜くしかなかったんだよっ！)

しれっとした態度で、席に座ってグラスを傾けている恭介が憎たらしい。

「で、どうだった？　俺との練習は？」

「……」

さらりと聞かれて、言葉に詰まる。

でも、ちゃんとお礼は言わなきゃな、と思い返して口を開く。

「すっげー気持ち良くて、びっくりした……。おまえ、すげえ上手いのな……」

答える俺に、恭介はなんとも言えない複雑な表情を返す。

褒めてやってるのに、あんまり嬉しそうじゃない。恭介にとっては、そんなに気持ちいいキスじゃなかったのかな。そう考えて、ちょっとがっかりする。そりゃあ、そうだよな。男とキスして嬉しいわけないよな。

「……なんか悪かったな。俺、もう酔い覚めたから。……変なこと頼んで、ごめん」

「いや」

俺を気遣ってか、恭介はそれきり何も言わない。さっきのキスについてコメントされても、俺も困るけど。

俺たちはその後すぐに店を出て、それぞれ帰宅の途についた。

＊＊＊

翌日から一週間、俺は徹底的に恭介を避けた。

だって、恥ずい。めちゃめちゃ恥ずい。

親友だと思ってる相手にキスをせがむなんて、あの時の俺の思考回路はどうなってたんだろう。素面《しらふ》になって明るい太陽の下にいると、あの夜の自分が恥ずかしすぎて、思わず屋上から飛び降りたくなるくらいだ。俺、これからは酒を飲みすぎないように気をつけよう……。

「澪」

一番会いたくない人物に背後から声をかけられて、俺は慌てて廊下を走り出した。

教育学部の校舎を飛び出すと、サークルの部室が並んでいる旧棟へ飛び込む。

「澪、逃げんなよ！」

まさか追いかけてきているとは思わなかった俺は、恭介の声に思わず振り返る。

「……ついてくんなよ」

恭介の顔を見た途端、顔に熱が集まるのがわかる。友達見て赤面するとか、ホントに恥ずかしすぎる……。

「おまえこそ、逃げんなよ」

俺のそばまでたどり着いた恭介が、俺の腕に手をかけ、引っ張るようにする。

「何すんだよ」

「いいから、来いよ」

ズルズルと半ば引きずられるようにして、歴史愛好会の部室へと連れ込まれる。週三回、俺と恭介が通っているサークルだ。

「――で、何?」

部屋に入り、ようやく腕を開放された俺は、長机に腰を寄り掛からせながら、憮然として恭介へ問いかける。

「それはこっちのセリフだろ。おまえ、なんで俺を避けるんだよ」

「なんでって……恥ずかしいからに決まってるだろ」

俺は、俯《うつむ》きつつ答える。

そんなこと言わせるなよ！　聞かなくてもわかるだろっ⁉

「こないだと同じだな」

「は?」

恭介の言葉の意味がわからなくて、視線を上げる。

目の前に立つ恭介が俺に向かって手を伸ばし、長い指が俺の耳元に触れる。

「耳まで真っ赤」

「‼」

さらに顔中に熱が集まってくるのがわかる。

「ホント、おまえ、可愛すぎ」

耳を疑うような言葉を吐いて、恭介が俺の体を抱き込むようにする。

「こないだの、良かったろ？　もっと練習しないの？」

一週間前の甘い記憶が甦ってきて、金縛りにかかったように体が動けなくなる。

「優しく教えてやるよ？」

そう囁きながら、恭介が俺の耳へ舌を差し入れてくる。

「っ！」

ぴちゃぴちゃと淫猥な音を立てて、俺の耳の中を舐め上げる。一気に全身に痺れが走って、体の芯が熱を持ち始めるのがわかる。

「……きょう、すけ……」

耳を舐められただけなのに、信じられないくらい腰にくる。

「ほら、口開けて。キスの仕方、教えてやるから」

甘すぎるその美声に抵抗することができなくて、俺は言われるがまま、そっと口を開く。途端に、恭介のザラリとした舌が俺の口内に入り込む。いやらしい水音を立てながら、恭介が俺の舌を繰り返し絡み取り、交じり合った唾液を貪る。口蓋から頬の内側までを器用な舌で犯し尽くされて、あまりの快感に腰が抜けそうだ。

どのくらいの間そうしていたのか、俺たちは互いの唇を強く繋《つな》げては離し、また繋げながら、互いの唇と舌が呼び起こす快感に溺れ続けていた。

やがて、名残《なごり》惜しげに唇を離した恭介が、俺の耳元でそっと囁く。

「澪、気持ちいい?」

「……うん。信じらんないくらい気持ちいい。……俺、キスだけでこんなに感じるとか、知らなかった」

恭介に優しく抱きしめられながら、(俺、女の子に振られてもしかたなかったなぁ)なんて、つくづく思う。恭介のキスに比べたら、俺が彼女にしてたキスなんて、ただの挨拶みたいなもんだ。

「もっと気持ちいいこと、教えてやろうか?」

俺の耳たぶを舐めながら囁く恭介の声に、ゾワリと鳥肌が立つ。

(キスより、もっと気持ちいいこと?)

残念ながら、俺の脳みそでは理解不可能な世界だ。

だって、彼女とセックスしてた時より、恭介とキスしてる時の方が何倍も気持ちいい。今だって、必死に我慢してるけど、すでに俺のムスコは暴発しそうな興奮具合である。

恭介に耳たぶを甘噛みされて、体に甘い痙攣《けいれん》が走る。

「澪のココ、可愛がってもいい?」

恭介の長くしなやかな指が、俺の股間を撫で上げる。

「ひゃあっ!」

触られた箇所に走る電気のような激しい快感に、思わず背筋がしなる。

「すっごく勃起してる……」

からかうような恭介の口調に、たまらなく羞恥心が湧き起こる。

「……だめだよ、恭介。これ以上はマズいって……」

「澪の体は、もっとしてほしいって言ってるけど？」

ズボンの上からペニスの先をいじられて、先走りの液が滲み出すのがわかる。

「服、汚れるから……やめろって……」

抱き寄せようとする恭介の力に抵抗して、俺は必死に体を離す。

「じゃあ、俺の部屋に来るか？」

俺は思わず、恭介を見返す。

（何？　部屋って、どういうこと？）

半ば放心状態に陥っている俺に、恭介が追い討ちをかけるような言葉を吐く。

「気を失うくらい気持ちいいセックスを、澪に教えてやるよ」

いや、セックスの練習は、プロのお姉さんにお願いするから。

まさか、男にセックスを教えてもらうつもりはないので。

頭の中ではそう思っているのに、俺の口は勝手に違う返事をしている。

「……うん」

——何言ってんだ、俺⁉

なんで、男の誘いを受けちゃってるんだよ～。

俺の脳内が激しい葛藤を繰り広げている中、再び恭介に腕を取られて、俺は部室を後にした。

＊＊＊

しょっちゅう訪れているはずの恭介の部屋が、今日は違う場所に見える。

俺の脳内は大騒ぎになっていて、「男とエッチするなんて、ありえない！　さっさと帰るんだ」って言ってる俺と、「気絶するくらい気持ちいいセックス、してみたいかも……」っていう欲望丸出しの俺が争っている。

「何か飲む？」

恭介に聞かれて、俺は首を横に振る。

緊張で喉が渇いてるはずなのに、パニック状態の俺の脳は、水分を取る余裕もないらしい。

「ほら、こっち来て」

蕩《とろ》けるような声で恭介が囁きながら、俺の手を取って、自分が座っているソファの横に座らせる。手を繋いで恭介と体を密着させているだけで、俺のムスコがむくむくと反応し始め、触れ合っている太ももが熱を持つのがわかる。

(どんだけ欲求不満なんだよ、俺)

初めて女の子とセックスした時より、興奮してるかもしんない。

「……澪」

恭介が俺の耳元でトロトロに甘い声で囁きながら、ネコっ毛な俺の髪を優しく撫でる。これまでずっと親友同士としてつき合ってきたのに、今の俺たちの間には、完全に恋人みたいな甘々な空気が流れている。

(恭介はホントに俺とセックスしたいんだ……)

向かうところ敵なしみたいな完璧なモテ男が、俺を欲しいと思っていてくれるっていうのは、結構クルものがある。

「キスさせて」

そう言いながら、恭介の指が俺の顎に掛かり、俺は従順にそちらへ顔を向ける。絡み合った視線で、お互いひどく欲情しているのがわかって、さらにゾクゾクしたものが背筋を這い上がる。ほとんど同時に顔を寄せ合い、唇が重なる。擦れ合う唇の熱さと湿り気に、気が遠くなるような快感が走る。すぐに互いの舌を探し出し絡め合い、飢えていたように溢《あふ》れる唾液をすすり合う。

脳が麻痺するくらいエロいキスだと思う。

女の子の膣にペニスを出し入れしている時と同じくらい、卑猥な興奮が体中を浸す。マジで、キスしてるだけでイケそうだ。

キスしながら、俺たちは互いの体をまさぐり合う。恭介の手が俺のシャツの中に入り込んできて、立ち上がり始めているピンクの突起を撫で上げる。

「ひゃあ、んっ……！」

俺は思わず唇を離し、変な声を出してしまう。

「澪、ここ、感じるんだ……」

舌なめずりしそうな表情で恭介が呟き、両手で二つの突起を淫《みだ》らに弄《もてあそ》び始める。

「あっ、あっ……んっ……！」

恭介に触れられるだけで、乳首から信じられないような快感が生まれる。昔つき合ってた彼女に乳首を舐められたことがあったけど、その時はなんにも感じなかったのに、俺の体、一体どうなってるんだ？

「澪の感じてる顔、すっげーエロい」

乳首をいじられて感じまくっている俺を見て、恭介が上ずったような声を出す。

「おまえの肌、俺の手に吸い付いてくる。……たまんない……」

ふだんクールな恭介の、興奮しきった表情と声音が、俺の下腹部にズンとくる。

あぁ、もう気持ち良すぎて変になりそうだ。

「ひゃっ……んっ！」

突然、乳首を舌で舐め上げられ、その気持ち良さに俺は首を大きくのけぞらせる。

「それ……気持ち、いいっ……」

思わず、恭介の頭を胸元に抱き込むようにすると、恭介が俺の立ち上がりきった蕾を甘噛みしてくる。

「あっ！　……あんっ！」

それだけで激しい射精感に襲われて、俺の体はビクビクと硬直してしまう。

あぁ、服を汚しちまったなぁ、と俺はぐったりしながら思う。

「乳首だけでイクなんて、おまえ、マジでエロすぎだろ」

「……俺の体、変だ……。今まで、こんなに感じたことない……」

半ば呆然と呟くと、ソファの上に横たわる俺を真上から見下ろしながら、恭介が嬉しそうに言う。

「俺たちの体の相性、すげえな」

——そうか、俺たち、体の相性が良すぎるんだ。

それで全てが腑《ふ》に落ちた気がする。

言葉にできないくらい気持ちいいキスや、恭介に触られるだけで感じまくってしまう俺の肌、互いの肉が吸い付くように感じる快感――これが、セックスの相性っていうやつなのか。

「俺も、澪の体を触ってるだけでイケそう」

見惚れるくらいの爽やかな笑顔で、ずいぶんエロいことを言いやがる。

自分の顔が赤らんでくるのを感じる。

「その顔、他のヤツに見せんなよ」

俺の首筋をいやらしく舐め上げながら、そんな嫉妬めいたことを言われて、さらに顔に熱が集まる。

「女とつき合うの、これから禁止な」

首筋から鎖骨、そして胸へと唇を落としながら、恭介がそんなことを言う。

「まぁ、誰ともセックスできないように、俺が体中にマーキングしとくけど」

言われた途端、胸元にチリッとした痛みが走る。

「あっ！」

その痛みさえ、快感に変わってしまう自分が怖い。

今までつき合ってきた女性たちとの性体験が、あっという間に色褪せていくのを感じる。

柔らかい肉圧、甘く良い匂い、性行する時のゾクゾクするような摩擦感と射精感。――最高に気持ちいいと思っていたそれらのものが、恭介との接触の前では比較にならないほどつまらないものに思えてくる。

「恭介は、女の子とするより俺とする方が気持ちいいのか……?」

思わず口にしてから、また恥ずかしくなる。

これじゃあ、まるでやきもちみたいだ。

「俺、今までこんなに興奮したことないけど?」

ニヤリと笑って、恭介がスラックスから自分の肉棒を取り出す。そのあまりの大きさに、俺は思わず目を見張ってしまう。

こいつのデカすぎ……。

なんでも持ってるイケメン男は、そんなとこまで出来が違うのかよ。一応、俺のモノは人並みだと思っているが、恭介のを見ると、さすがに落ち込む。

「服脱いで、ベッド行こうぜ」

そう言いながら、恭介はすでに俺のジーンズを脱がしにかかっていて、あっという間に俺の下半身が無防備なすっぽんぽん状態になる。手際《てぎわ》よすぎだろ……。

女の服を脱がせるのもさぞかし上手いんだろうな、と思って、ちょっと胸が痛む。

(おい、俺! なんでショック受けてんだよ!)

イッたばかりで、ちょっと気だるくぼおっとしている俺を、恭介がソファから抱き起こす。

「サンキュ」

俺が礼を言い終わらないうちに、恭介が俺の体を強く抱きしめてくる。

「恭介……？」

「……澪の肌に触れるだけで、興奮して頭おかしくなりそう……」

そのまま貪るように俺の唇を犯し始める。

「んっ、んっ……！」

俺も、こうしてキスされただけで、すぐにイキそうなくらい感じてしまう。

ここまで体の相性が良すぎるのって、かなりヤバイんじゃねぇ……？

「やっぱ、ベッドまで待てない」

荒い息で、恭介が呟く。

いやいや、ちょっと待て。いくらなんでもソファで続けるのは無理だろ⁉

と思った次の瞬間、恭介が体をずらし、再び頭をもたげ始めている俺の一物を口に含んだ。

「うわっ！」

下半身から目が眩むような快感が走り抜ける。

ソファに座る俺の股の間に恭介がひざまずいて、俺のモノを舐めたりしゃぶったりしている。目の前に広がるあまりにも卑猥な光景に、俺のペニスはあっという間にビンビンになる。

「……だめだ……恭介、やめろって……」

俺のモノを咥《くわ》えたまま、恭介が見上げてくる。

長めの前髪から覗く情欲に濡れた瞳を見た途端、一気に下肢に熱が集まる。

「出るから っ！　……離せっ！」

離すどころか、恭介の攻めがより激しくなる。

「あっ、んんっっ！」

体をのけぞらせながら、俺は激しい射精の快感に身を震わせた。

ゴクリ、と何かを飲み干した音がして、気持ち良さのあまり意識を飛ばしていた俺は、ハッと我に返る。

「おまえ……もしかして俺の飲み込んだのか!?」

「おまえの精液、美味《うま》かったぜ」

恭介が色気が滴るような妖艶な笑みを見せる。

「っ！　んな訳あるかっ！」

「いや、マジで、おまえの体、どこもかしこもすっごく美味い。……最初にキスした時も思ったけど、おまえの唾液とか、ずっと吸ってたくなるんだよな」

（こいつ、変！　絶対、変！）

……でも確かに、恭介とキスしてる時の俺も、甘くて美味いモノを飲んでる気分になってるような……。

ヤバイ。

俺たち、絶対このままじゃマジでヤバイ気がする……。

「あぁ、このまま、ここで突っ込みてぇ」

空恐ろしいセリフが聞こえて、俺はゾワッと鳥肌が立つ。

「おまえ、なんてこと、言いやがるんだよ！」

「だめか？」

「だめに決まってるだろっ‼」

こいつ、やっぱり変態だ！

「でも、澪のペニスも、また興奮してきてるじゃん」

恐る恐る自分の下半身を見下ろして、俺は絶句する。

どういうことなんだ、我がムスコよ。二回も射精して、その後、触ってもいないのに、なんでおまえエレクトしてんだよ〜。

「お、俺は、女の子とセックスするための練習をしたいんだよ！　なのに、なんで突っ込まれなきゃいけないんだよっ！」

「ふーん、まだ女とつき合う気でいるんだ」

恭介が俺の顎に手をかける。

「どうやら、練習が足りないみたいだな」

力づくで俺の顔を上げさせ、貪るように舌で口内を蹂躙《じゅうりん》しながら、片手で俺の胸の頂をいじり始める。

「んっ！　……んんんっ！」

口をふさがれてるのに、鼻から抜けるような甘ったるい声がこぼれてしまう。口内と胸の二箇所からビリビリするような快感が押し寄せてきて、ペニスが先走りの液を垂らし始める。

こんなのだめだっ！　気持ち良すぎるっ！

こんなセックス、ハマるに決まってるじゃねえかよっ‼

強すぎる快感と激しいキスの息苦しさ、そして、恭介の愛撫から離れられなくなることを確信して、俺の目に涙が滲んでくる。

ようやく唇を開放されて、荒い息を吐く俺の目元を、恭介の舌がペロリと舐め上げる。

「やっぱり、涙も美味いな」

そんなことを言われて、ゾクゾクとした興奮を感じてる俺は、一体どうしちまったんだろう。

「これから澪の体中を舐めまくって、イカせまくって、おまえの体液を残らず味わわせてもらうからな」

恭介の目が肉食獣のように不穏な光を放つ。

俺、喰われる。

マジで、こいつに喰われちまう。

でも、そう思うだけで、勃ち上がった俺の分身がヒクヒクと興奮に震える。

一週間前の夜、どうやら俺は、人生最大の過ちを犯してしまったらしい。

誘ってはいけない相手にキスをねだってしまったんだ。

世界で一番、体《セックス》の相性がいい親友に――。

◆

――二十年間生きてきて、俺はその夜、理性を失うほどの欲望というものを初めて知った……。

俺、酒井恭介は、セックスに関しては、どちらかと言えば淡白な方だった。

初めての性体験は中学三年の時、相手は家庭教師に来ていた女子大生だった。見た目はもちろん頭も良くて、セックスのテクニックにも長《た》けていた。童貞喪失にはちょうどいい相手だったんだろうと思う。

彼女とはその後、数回関係を持ったが、別れる頃にはむしろ俺の方が行為をリードしていて、女を啼《な》かせるテクニックを手に入れていた。

どうやら俺は女には不自由しないタイプらしく、彼女またはセフレが途切れることはなかった。気持ち良く肉体を繋げ、欲望を吐き出すことで、俺は十分満足していたし、それ以上のものを期待することもない。

そんな俺が、息が苦しくなるほど誰かの肉体を渇望する日がくるなんて、想像すらしていなかった。

＊＊＊

始まりは、酔っ払いの戯言《たわごと》だった。

「なぁ、ちょっと俺にキスしてみてよ？」

俺の隣で、女に振られてクダを巻いていた友人が、突然そう言った。

「はぁ⁉」

俺は呆れて、そいつを見返す。

色っぽく朱に染まった顔、キラキラに潤んだ瞳、赤く色づいた唇——大学の友人であるそいつは、男のくせに妙に艶のある表情で、俺を見つめる。

これだから、こいつを独りで飲みに行かせられないんだ。

「おまえ、酔っ払いすぎだから。ちょっと水、飲め」

こいつが女の子だったら、即お持ち帰りしてるところだ。愛らしい顔立ちも大きな瞳も、キャンキャン騒ぐところも、実家のチワワにそっくりで可愛い。

でも、いかんせん、こいつは男だ。

「じゃあ、いいよ。誰か別の男に頼む……」

おいおい、それ、シャレにならねえって。

自分では気づいていないらしいが、そっち系統の男に、こいつは目をつけられやすい質《たち》なのだ。俺が今までどれだけ露払いしてやってんのか、まったくわかってないことに腹が立つ。

「澪……ちょっと、来い」

しようがない、軽くキスでもして、落ち着かせるか……。

俺はその時、うちのチワワにキスしてやるくらいの気持ちだったと思う。

ところが。

澪の唇に触れた瞬間、まるで体中の血が沸騰したかのように全身が総毛立つ。

柔らかく湿った唇の感触が気持ちよくて、俺はそっと上下の唇をついばみ、そして舌で舐め上げた。

「うっ……んっ……」

友人が漏らした甘い声に反応して、俺の中心がドクンと熱くなる。

(なんなんだ、これ……)

自分の肉体の反応に驚く。

「も一回、して……」

潤んだ瞳で見上げられて、俺の理性は吹き飛んだ。

激しく口づけながら、舌を絡ませる。濡れてざらつく舌同士が触れ合うと、ゾクゾクするほど気持ちいい。溢れてくる唾液さえ甘くて、俺はそいつの口の中を思い切り犯し、貪り尽くしたくなる。

「……ちょっ、待て……。ヤバイから。……もう、ストップ……」

口づけの合間に、澪が途切れ途切れに息を吐く。

俺は気持ちよすぎるキスに夢中で、止められるわけないだろ、と思う。

腰に感じる澪の硬くなったモノに、自分のモノを擦り付けてみる。途端に、脳髄までビリビリした快感が走り抜ける。

(なんだよ、この気持ちよさ……信じらんねぇ……)

逃げようとする友人を、俺の腕の中に抱きとめる。

そいつの唇も舌も唾液も、触れ合う体のあちこちも、俺の全身に甘い痺れを呼び起こす。女たちとセックスしてるより、はるかに気持ちいい。

もう、このままここでこいつを犯してしまいたい……。

そんなケダモノじみた自分の考えに愕然とした瞬間、レストルームのドアがノックされ、俺はなんとか理性を取り戻した。

熱くなった体を精神力でクールダウンさせ、カウンター席へと戻ったが、行き場をなくした欲望が、体の奥底で渦を巻く。

そして、戻ってきた澪の顔を見ただけで、俺は押さえつけていた情欲が蠢《うごめ》き出すのを感じていた。


それからの俺は、澪に会いたくて、触れたくて、キスしたくて、頭の中がやつのことだけでいっぱいになる。

これまで女性とつき合っていても、そんなふうに制御不能な感情を経験したことがなかった俺は、初めての感覚に戸惑い、イラつき、自分自身を冷静にコントロールできないことに怒りを感じた。

そして、もしかしたら俺は男の方が興奮するのかもしれない、と思う。澪に溺れているのではなく、もともとバイで、澪のようなタイプの男が好みなのかもしれない、と。

だが、澪に似た可愛い男を引っかけてキスしてみたが、気持ちいいどころか、むしろ不快でしかなかった。

俺が、あんなふうに最高の快楽に溺れられるのは、澪だからなのだと、その時はっきりと認識する。

そう、出会った時から澪の存在は、俺にとって特別だった……。

だから、俺はあいつを捕まえる。

捕まえて、二度と離さない。体中に俺の刻印を刻み、手足の指の一本一本まで快楽の極みに誘って、快感に涙を流しながら気を失うまで、愛し尽くしてやる。

覚悟しとけよ、澪?

これから毎日、俺とドロドロに溶け合うようなセックスしようぜ。

Lesson 01.　ハマる。

「んっ……ん……」

　白っぽい室内灯の光にさらされながら、俺と恭介は互いの唇を貪り合っている。

　くちゅくちゅと互いの舌が絡まる音に耳を犯されて、下腹部があっという間に熱を持ち始める。

　恭介の舌が俺の口内を所狭しと舐め回り、粘膜が擦れる快感にゾクゾクする。

「はっ……んっ……」

　唇の交わる角度を変える合間に、感じきった声を上げてしまう自分が恥ずかしい。

「澪……」

　名残惜しそうに唇を離すと、恭介が耳元で熱く囁く。

「やっぱ、おまえとのキス、すっげー気持ちいい。……たまんない……」

　そう言いながら、すでに昂《たか》ぶりきったモノを俺の股間に押し付けてくる。

「んっ……!」

腰をグリグリと押し付けられて、勃起している俺の一物と擦れ合う感覚に目眩《めまい》がする。

「もっとキスしていい……？」

そういいながら、俺の返事も待たずに、恭介の舌が俺の唇をこじ開ける。

「はぁ……っ……」

甘い吐息を漏らしながら、俺も夢中になって恭介の舌に応える。

気持ちよすぎて、俺のモノがさらに硬く大きくなり、脳は快感に支配されてドロドロに溶けそうだ。


ここは大学のキャンパス内。

俺と恭介は、人がめったに来ない旧校舎のトイレの個室で、コトに及んでいる。

どうしてこんなことになってしまったのかというと、経緯《いきさつ》はこうだ。

十日前、女に振られてヤケ酒を飲み酔っ払った俺は、親友の恭介にキスを教えてほしいと頼んだ。モテる男のテクニックを知りたいと、アルコールでおバカになった頭でそんなことを考えたのだ。

そして、軽い気持ちでキスをした俺たちは、あまりの気持ち良さにハマってしまった。

俺たちの体の相性は、今まで経験したどんな性体験もぶっ飛んでしまうほど強烈に良すぎた。

キスしただけで腰が砕ける。素肌に触れると快感で頭に血がのぼるし、互いのペニスを重ねて擦り合おうもんなら、一発で射精してしまう。

自分の体に何が起こったのか唖然とするほどに、恭介との肉体的接触は気持ちよすぎた。


そして三日前。

俺は恭介の部屋で、挿入行為こそしないものの、文字どおり頭の先から足の先まで、全身あますことなく恭介に喰われた。

真っ昼間から盛り合った俺たちは、途中、食事の間だけは休んだものの、結局、一日中その行為を止めることができなかった。俺は、体中を舐められ、吸われ、擦られ、しごかれて、空《から》イキして気を失うまで攻め続けられた。

翌日は泥のように眠り、学校はもろろんアルバイトまで無断欠勤してしまったうえ、そんな状況であるにもかかわらず、目が覚めたら互いに再びもよおしてしまい、さらにその日もエンドレスな性行為に費やしてしまった。

セックスが信じられないくらい気持ち良すぎる、というレベルの話ではない。

もはや「セックスしますか？　それとも人間やめますか？」的な溺れようである。

つい十日前まで、気の合う親友だった同性が、いきなりセックスの相手になったばかりか、相手を見るだけで体が熱くなってくるとか、いろいろ異常すぎて、俺の頭はパンクしそうだった。

そこで俺は「恭介の部屋には行かない」宣言をした。

やつの部屋に行ったら、即効でエッチ行為に走ってしまうのは間違いない。そして、またその行為に溺れ合って、何がなんだかわからないまま快楽にハマってしまうだろう。恭介とのセックスが気持ちいいのは十分すぎるくらいにわかってる。

なんだか知らないが、とにかく体の相性が良すぎる俺たちは、互いの肌に触れるだけで、完全にサルと化してしまうのだ。

でも、だからって、男同士でナニし合って、学校もバイトも行かなくなるとかありえない。

それに、親友とセックス・フレンドになってしまうことにも、当然、ものすごい抵抗感がある。

俺は、これからもちゃんと女の子とおつき合いしたいし、もちろん結婚して家庭も欲しい。こんなに気持ちいいセックスを知ってしまって、普通に女の子とつき合えるのか、はっきり言ってめちゃくちゃ不安だ。

今の俺だと、恭介以外を相手にしても勃たない気さえする……。

絶対にヤバイ。

俺の将来が危ぶまれる。

だから、俺は恭介とのエッチはしないと決めたのだ。

——が。

まだ一日半しか経っていないというのに、もう、体が恭介を求めて疼《うず》き始めている。

大学の講義中に、ふと濃厚な絡み合いを思い出したりすると、もうだめなのだ。恭介とのエロシーンばかりが脳裏をかすめて、体の熱を押さえきれなくなる。

性春《せいしゅん》まっ只中の中坊の頃だって、こんなにひどくはなかったのに、と思う。俺の体、マジでセックス中毒になってしまったみたいだ。

いや、セックスがしたいわけじゃない。

恭介と、したいのである。

俺、ホントにどうなっちゃったんだろう……。

ほとんど何も頭に入ってこないまま講義が終わり、俺は机の上に突っ伏して、頭を抱えた。

その時。

「澪、食事に行かないか?」

頭上から降ってきた声に、体が固まる。

俺の悩みの源、だ。

恐る恐る顔を上げると、大学の女どもにいつもキャーキャー騒がれてるイケメンが、俺を覗き込んでいる。

「……はぁぁ……」

「人の顔を見るなり溜め息つくとか、失礼すぎるだろ」

すかした顔して、やつが呟く。

その余裕ありありな感じのクールな顔が、癪《しゃく》にさわるんだよっ！　俺はこんなに悩んでんのに……。

「二人で、どっか行こうぜ……」

恭介の意味深な口調に、顔に熱が集まるのを感じる。

「だから、そういう顔は俺と二人きりの時以外に見せるな、って言っただろ？　こんなとこで晒《さら》しやがって」

俺の耳元に唇をつけるようにして、恭介が囁く。

「お仕置きだな……」

で、そのお仕置きの結果がこれ――大学構内でのエロ行為、である。

「ちょっ、待て……恭介っ……」

恭介の手が俺の股間に伸びる。

「だめ、だ……って。キスだけにするって……言ったろ……」

「そんなんで終われるわけないだろ？」

それはわかる。俺だって、恭介とキスをしただけで、もう射精感が半端ない。裸になって、恭介と全身を絡め合って、あちこち貪られたい――考えるだけで、イキそうだ。

「でも、こんな所で」

「いつだって、どこだって、俺は澪とセックスしたくてたまんない」

おいおい、おまえ、そんな鬼畜なやつだったっけ？　女子に対してクールで淡白なやつだと思ってたけど、実はセックスに関しては見境ないやつだったんだな？

「だからって、こんなとこで」

「でも、澪はこんな所でも、すっげー興奮してるじゃん？」

いつの間にかデニムのチャックを開けられて、張り詰めた俺のムスコが恭介の手でしごかれ始めている。

「出ちゃうから……もう、すぐに出ちゃうから……」

感じすぎて、股間が痛い。

「イっていいぜ。ほら、イカせてやるよ」

耳元で囁かれる甘い低音に、腰が砕けそうだ。

恭介の指が巧みに俺の体を絶頂へと誘う。たった二日間、体を重ねただけで、恭介は俺のいい所を知り尽くしてしまっている。あれだけ夜も昼もなく、互いの体を貪り合ったのだから、当然といえば当然だが。

「あっ！　……もう、イクっ……んっ！　イクっ!!」

俺の白濁液を手のひらで受け止めた恭介が、それを自分の舌で舐め取り始める。

見惚れるほどの美形が、情欲に濡れた目で俺の精液を舐める図は、それだけで股間に激しくクル。

「今度はちゃんと口の中で飲ませてもらおうかな」

ニヤリと恭介が笑って、俺の一物を握り直す。イッたばかりなのに、恭介の指で優しく触れられただけで、俺のモノはすぐさま硬さを取り戻す。

「フェラしてやるよ」

その快感を想像しただけでクラクラする。

そして、わずか二日前に決めた俺の決意は、もろくも崩れ去っていく。

「ここじゃヤダ。……おまえの部屋へ行こう……」

恭介が嬉しそうに目を細め、俺の唇にねっとりとしたキスをしてくる。

(あぁ、ホント、気持ちよすぎ……)

「我慢できないから、タクシーで行こうぜ」

耳たぶを舐めしゃぶりながら、恭介が囁く。

「うん……」

これだから金持ちは、と思う反面、実際、俺も我慢できなくなってる。

このまま電車で移動とかマジでありえない。


大学の校門を出ると、俺たちは大通りでタクシーを拾った。

後部座席に並んで座ると、すぐに恭介が手を伸ばしてきて、俺の太ももをそっと撫で始める。

おいおい、真っ昼間から、タクシーの中で何セクハラみたいなことしてんだよ。それも男同士で。

「恭介」

軽く睨みつけてやると、やつの手が上に上がってきて、一番敏感な場所を撫で上げる。

「……っ!!」

変な声、出しちまったじゃねえかっ!

「……もしかして、俺のこと煽《あお》ってんの?」

恭介が声を潜めて言う。

はぁ!? 何言ってんの、こいつ。

「そんな色っぽい顔して睨まれたら、タクシーの中でも、俺、我慢きかなくなっちまうぜ?」

背筋を冷たいものが走る。

嫌がってる俺に興奮するとか、こいつ、マジS《エス》だろ。口だけじゃないのがわかってるから、よけい怖い。

恭介の手を力いっぱい引っ張って、俺の股間から外させると、目を合わせないように俯く。視線を合わせたらいけない気がする。

固まってる俺の耳に、恭介が小さくクスリと笑うのが聞こえた。

ちくしょーっ！　なんで恭介はいつも余裕あるんだよ！　俺は、もういろんなことがギリギリで、いっぱいいっぱいいっぱいだっていうのに。

恭介のマンションの前でタクシーが止まり、俺たちはエントランスを通り抜け、エレベーターに乗った。

途端に、恭介が俺の唇に噛みつくようなキスをしてきて、一気に全身に血がのぼる。いつ人が乗ってくるかもわからない公共の場で、男同士で口づけ合っている事実に、たまらなく興奮してしまう。

「……ふっ……んんっ……」

キスの合間に喘《あえ》ぎ声が漏れ始める。

エレベーターが七階に止まり、俺たちは急ぎ足で恭介の部屋へ向かった。

玄関に入ったらもう我慢できなくて、キスしながら、その場で互いの服を脱がし始める。興奮しすぎて、脳の血管が焼き切れそうだ。

「んっ……ふっ……」

　混ざり合った唾液が喉元へこぼれるのを、恭介が舐め取る。

「あっ！　……あっ、んっ……！」

　喉から鎖骨へと舐められて、甘ったるい声が漏れてしまう。

　最初は、自分がこんな声を出すことにびっくりしたが、恭介に攻められると、知らなかった自分がどんどん顔を出してきて、恥ずかしすぎてどうにかなりそうだ。

　半裸状態の俺のあちこちを舐め回しながら、やがて、恭介の唇が俺のペニスにたどり着き、俺の竿にゆっくりと舌を這わせ始める。互いに服をほとんど剥ぎ取られたような状態で、玄関先でフェラチオされてると思っただけで、そのいやらしい光景に下腹部が熱く硬くなる。

「もう、無理……出るから、待て、って……ベッドで……」

　俺の哀願の声も聞かず、恭介が俺の肉棒を舐めしゃぶる。

「だめだ、って……んっ！　恭介っ……あっ！」

　俺はそのまま、恭介の口内で激しく射精する。

　精液を吐き出し終わった後も、全てを絞り取るかのように、恭介が俺のモノを吸い続けてくる。

「そんなに、吸うな、って……あっ、ん……」

「まだ、飲み足りない」

俺のモノからようやく唇を離した恭介が、ペロリと自分の唇についた白濁を舐め取る。

「続きはベッドでしようぜ」

獲物を捕らえた獣のような恭介の瞳に、俺の体が再び反応し始める。

快楽の底なし沼に溺れていくかのような感覚に、体がゾクリと震えた。

Lesson 02. 離れる。

恭介が、俺の手を取る。

男同士が、それも半裸で手を繋ぐって、どうよ!?

慌てて手を離そうとするが、逆に強く握り込まれる。ぐいぐいと引っ張られて寝室に連れ込まれ、いきなり抱きしめられる。

「澪……」

まるで恋人に囁くような甘い声音に、顔が赤らんでしまうのがわかる。

頬にふんわりとキスされる。

(こいつ、キスやセックスだけじゃなくて、恋愛テクニックもすげえよなぁ)

この容姿とこの口説き方で迫られたら、どんな女の子でもイチコロじゃん?

冷静に感心しながらも、心のどこかが変な感じにドギマギしている。

(なんで、セックスしたいだけの相手《おれ》にも、こんなに甘々なんだよ)

なんか、よくわかんないけど、ヤバイ……。

頬から唇に降りてきたキスは、軽くついばむようなバードキスだ。優しくソフトに唇が触れ合っているだけなのに、俺の体の火照りは増していく。

時折軽い口づけを交わしながら、俺たちは互いの服を脱がせ合う。この前の二日間で見慣れたはずの恭介の裸体なのに、腹にくっ付きそうに反り返るソレを見て、俺はつい目をそらしてしまう。

（触ってもないのに、あんなに興奮してるんだ……）

そう思うと、俺の中心も反応して硬さを増す。

恭介が俺に欲情してると思うだけで、体が疼くのはどうしてなんだろう？

「触って……」

恭介が俺の手を自分の中心部へ導く。

……デカい。

デカくて硬くて熱いモノが、俺の手の中でさらに強度を増していく。ねちょねちょと先走りの液が音を立て始めて、たまらなくなって、俺は自分の腰を恭介に擦り付け、肉棒を重ね合わせて擦り合わせる。恭介が密着した俺の腰を抱き、片手で乳首をいじり始める。

「はぁ、んっ！　……ん……」

感じて腰まで跳ねそうになる俺を押さえつけながら、さらに舌で俺の口内を蹂躙する。

「あっ！　……あっ……んんっ！」

三箇所から与えられる刺激に、俺はすぐにイキそうになる。

「また、イッちゃう！　……あっ！　恭介、イッちゃうよ！」

「イッて、澪。俺が何度でもイカせてやるよ……」

　唇を離して、恭介が耳元で囁く。

「この間みたいに、気持ちよすぎて、おまえが泣いて気絶するまで、イカせてやるよ」

　その言葉に体中がゾクゾクする。体が、恭介が与えてくれる快楽を覚え込まされていて、ほんの少しの囁きや愛撫で、あっという間に理性が吹き飛んでしまう。

「あっ、イクっ！　……んんんっ!!」

　射精しながら、体が小さく痙攣する。

　あまりの快感に心が追いつかない。

　俺は、優しく恭介にベッドへ押し倒された。

「澪の精液、全部、綺麗に舐め取ってやるからな」

　俺の腹部に飛び散った液を、恭介がゆっくり舐め始める。

「んっっ！　……やだ、汚いから……やめろって……んっ！」

　抵抗もむなしく、恭介の舌が、俺の体のあちこちからたまらない快感をひき起こしていく。

　――その時。

《ピンポーン、ピンポーン、ピンポーン……》

　インターホンが鳴った。

俺の体は、文字どおりビクッと跳ねた。もちろん、心臓も。

「無視しようぜ」

恭介が愛撫を再開しようとした時、いったん消えたインターホンの音が再び鳴り始める。

《ピンポーン、ピンポーン、ピンポーン……》

起き上がろうとする俺を押さえつけるようにして、恭介がキスしてくる。唇が重なると、あまりの気持ち良さに現状を忘れそうになる。

が。

今度は、恭介の携帯電話の着信音が流れ出した。

さすがに無視できなかったらしい恭介が、渋々といった感じで俺の体から離れ、部屋を出て行く。玄関に放り投げた携帯を取りにいったのだろう。

向こうの部屋から、「あぁ」とか「うん」とかそっけなく答えてるのが聞こえてくる。その声を聞きながら、電話の相手が誰なのか、俺にはわかってしまった。大学に入ってから二年以上、しょっちゅう一緒にいる恭介だから、口調や声音でなんとなくわかってしまうのだ。

俺は床に散乱した服を拾い上げ、のろのろと身に着け始める。

恭介が戻ってきた時には、シャツを羽織っているところだった。

「おい、澪。なんで服、着てんだよ」

「やっぱ、俺、帰るわ」

「ちょっ、待てよ」

腕を掴まれる。

「……電話、相川《あいかわ》からだろ？」

俺を掴んだ手から力が抜ける。「下に来てるんだろ？　会わなくていいの？」

相川奈穂《なほ》。

我が大学の誇る美しきミスK大学。大学卒業後は女子アナになるんじゃないかと噂されてる、俺ら男子学生の憧れの的。

——そして、恭介の彼女。

「……澪、帰るなよ。……ここにいろよ」

力なく呟く声に、思わず足が止まる。

こんな恭介の声、初めて聞く。

振り返ると、もう一度、恭介が俺の腕を掴んだ。

「おまえと一緒にいたいんだ……」

その言葉に、胸がズキリと痛む。

切れ長の綺麗な瞳が嘆願するように見つめてくる。

街を歩けば女性たちが振り返るほどカッコよくて、K大学 経済学部にトップ入学する頭の良さで、家は金持ちで、何やらせても完璧で、——いつも泰然《たいぜん》として余裕たっぷりのおまえが、俺といたいからって、なんでそんなにつらそうな顔するんだよ……？

「俺たち、親友だよな？」

ついそう聞いてしまう。

恭介は、なんとも言えない複雑な表情で俺を見た後、ゆっくりと答える。

「あぁ」

「じゃあさ、俺たち、セックスするの止めよう」

「……澪」

「おまえにちょっとでも触られると理性が吹っ飛んじゃうから、……だから、ハグも、キスも、エッチもなしにしよう」

恭介のつらそうな顔を見ていられなくて、俺は俯く。

「俺さ、すっごく悩んでたんだ。……男同士で体を重ねるって、やっぱりおかしいよ。俺たち、ゲイなわけじゃないいんだから、お互い女の子とこれまでどおりにつき合った方がいいと思うんだ。……おまえには相川がいるんだし、セフレがいるのはおかしいだろ？　俺だって今はフリーだけど、ちゃんと可愛い彼女を見つける。俺が女の子にモテるの知ってるだろ？　……だから、これまでどおり友達に戻ろう」

恭介の返事はない。

「今日は帰るよ。このままおまえといたら、すぐ誘惑に負けちゃいそうだし。……俺もおまえも、とりあえず女の子とつき合って、この十日間のことは忘れようぜ。……俺、おまえと元の親友同士に戻りたいんだ……」

勇気を出して顔を上げると、さっきまでの俺と同じように恭介が視線を下げて俯いている。

寝室のドアを閉める俺に、恭介は何も言わなかった。

そのまま俺は恭介の部屋を出て、相川と鉢合わせしないよう非常階段の端に身を潜めた。

しばらくそのまま様子を見ていたが、エレベーターが動く気配はない。

(相川を部屋に呼ばなかったんだ……)

ついさっき、恭介と荒々しいキスを交わしたエレベーターから視線を剥がして、俺は階段を下り始める。ゆっくりと時間をかけて一階に到着すると、エントランスにもマンションの入り口付近にも人の気配はなかった。

タクシーに乗って二人で来た道を、駅に向かって一人歩き始める。

恭介の部屋に遊びに来るたび歩いた帰路が、なぜだか今日はまるで違う景色に見える。

なんでこんなに胸が苦しいんだろう。

恭介を傷つけてしまった気がするから?

麻薬のように刺激的すぎるセックスができなくなってしまったから?

それとも——。

無意識にその先の答えを脳がシャットダウンする。

最高に気の合う恭介と、もう一度、普通の親友に戻れるのだ。これでいいに決まってる。快楽に溺れて、道を誤ってはいけない。

この決断は正しかったのだと自分に言い聞かせながら、俺は駅への道のりを急いだ。

＊＊＊

その日から、大学構内で恭介と会うことがパタリとなくなった。

もともと俺は教育学部で、恭介は経済学部なので会わなくてもおかしくはないのだが、最近はサークルにも顔を出さなくなっていて、俺は、あの日からもう五日間、恭介に会えないでいた。

「ねぇねぇ、澪君。今夜、空いてない？」

俺と恭介が所属しているサークル『歴史愛好会』の三年生である木村香織《きむらかおり》が声をかけてくる。

「空いてるよ？　何？」

木村がニヤリと笑う。

「合コン、行かない～？」

一瞬、俺の脳裏に恭介の顔が浮かぶ。

「……いいよ、行くよ」

「やったっ！　大金星！」

そう言いながらガッツポーズを取る。

「澪君、彼女と別れたってホントだったんだね～」

「もう、そんな噂が流れてんの？」

「ふっふっふ。女子の恋愛情報網をなめてもらっては困るね。とっくに噂になってるよ～。なんてったって、澪君は我がＫ大のプリンスだもん！」

「ははは……」

つい乾いた笑いを返してしまう。女子の情報網、マジ怖い。

「今回は、三ケ月だったねぇ」

横で話を聞いていた同じく三年の笹部楓《ささべかえで》が口を挟んでくる。

「……おまえ、俺のストーカーかよ……」

呆れて呟くと、笹部が机をドンと叩いた。

「失礼な！　ストーカーじゃありません。私設秘書と言って下さい」

「雇ってねーよ」

「私は、恭介君&澪君の私設ファンクラブ会長兼秘書でーす」

「だから、それも認めてねーよ。……っていうか、なんだよ、その『アンド』っていうのは」

「二人カップルでファンでーす」

「……」

サッと血の気が引くような気がする。

カップル、って……。

「澪君、楓は腐女子だから相手にしないで」

（は？　婦女子？）

「なんでよ～。我がK大の麗しき二人をあたたかーく見守って応援してんのに、冷たいなぁ」

女子の会話がよくわからない。

「そう言えば、恭介君は今日、ここには来ないの？　二人のツーショットを見るのが、私の生きがいなのに～」

笹部の言葉に、胸がチクリとする。

「あぁ、そうみたいだな。俺もしばらく会ってないんだけど……」

「私、今日、カフェテリアで恭介君を見たよ。相川さんと一緒だった」

木村の言葉に、さらに胸の奥がモヤモヤしてくる。

恭介と相川が一緒にいるとこなんてしょっちゅう見てて、今まではなんともなかったのに、一体、俺はどうしちまったんだろう……。

「美男美女の超お似合いカップルだよねぇ。あれも確かに眼福《がんぷく》ものだけど、私は、澪君と一緒にいる時の恭介君の方が百倍好きっ！」

こぶしを握りしめて力説する笹部に、つい笑ってしまう。

なんだかわかんないけど、こいつは、俺と恭介が一緒にいるのが好きなんだ。そう思うと、少し温かい気持ちになる。

「でね、澪君。今夜の合コンなんだけど、場所はね――」

木村の話をうわの空で聞きながら、俺は、相川といる恭介の姿を想像していた。

＊＊＊

「夏越《なごし》君が合コンに出るなんて珍しいね」

男女それぞれの自己紹介も終わり、一人でビールを飲んでる俺へ、隣に座っていた男が話しかけてきた。

（えっと……法学部三年の高橋《たかはし》、だっけな？）

自己紹介を思い出しながら、チラリと目をやる。

「俺のこと、知ってんの?」

「夏越君は大学の有名人だから、みんな知ってるよ」

そう言う眼鏡君は、優しそうな目をした二枚目だ。今日の合コンでも、女子の熱視線がかなり向けられてる気がする。

「へぇ~、どういう有名人?」

自分ではちっとも自覚はないが。

「教育学部の王子様」

プリンスとか言われているわりには、女に振られてるけどな。

「それから、酒井君とのイケメン・コンビも有名だよ」

チクッ。

また、胸の奥が小さく痛む。

「なんだよ、それ。……俺たち、いつもそんなにつるんでるかな……?」

「自覚ないんだねぇ。学内でよく一緒にいるじゃん? 君たち二人が一緒にいると、すごく目立つよ?」

「ふーん」

そう言われると落ち着かない。ついついジョッキを口に運ぶ頻度が上がる。

「夏越君って、お酒強いの？」

「普通」

そう返事をしながら、二週間前のあの夜のことを思い出す。

酔っ払って、恭介と初めてキスした夜のことを。

思わず、ビールを一気飲みしてしまう。

「ピッチ、早くない？」

隣の声を無視する。

ちくしょー、今夜は飲みたい気分なんだよー！

何人かの女子に話しかけられ、適当に相づちを打つ。

結構可愛い子もいたが、女の子をお持ち帰りするよりも、酒を飲んでいろんなモヤモヤを忘れたい気持ちの方が強くて、アルコールがやたらと進む。

そのうち、すごくいい気分になって、俺は隣にいた女子に膝枕をしてもらった。

周りから黄色い悲鳴が聞こえるが、酔っ払って気持ち良くなってて、なんだかいろんなことがどうでもいい。ここのところ胸に引っかかってたものが、今は取れてる気がして、すごく楽だ。


「夏越君、夏越君」

体を揺すられて、意識が戻ってくる。どうやら、飲みすぎて俺は寝てしまったらしい。お開きの時間になったらしく、皆が帰り支度《じたく》をしている。

「大丈夫、起きれる？」

眼鏡の高橋に体を支えられながら、起き上がる。

「ごめん……合コンで寝るとか、俺、最悪だな……」

俺を囲んでいた女子たちが、「そんなことないよ～」とか「疲れてたんだね～」とか優しい声をかけてくれる。

「ありがとう」

俺がそう言って微笑むと、周囲の女子が一気に黙り込む。

高橋が小さく笑っている。

俺、変なこと言ってないよな？

「とりあえず、帰ろうか」

高橋に言われて、俺はゆっくり立ち上がる。ちょっと頭がクラクラするが、それほど泥酔はしてないようだ。

今日はこのまま帰って、ゆっくり眠りたい。最近、あんまり熟睡できてなかったけど、今日はぐっすり眠れる気がする。

二次会に行こうと誘われるが、体調不良を理由に断る。今日の女の子たち、可愛くて優しかったけど、なんだか俺の気分が恋愛モードになれてないな、と思う。

　店を出て歩き出すと、なぜか高橋が横にいる。

「あれ？　おまえ、二次会に行かねえの？」

「夏越君を一人で帰すわけにはいかないよ」

　にっこりと笑う。

「なんで？」

「足元ふらついてるよ？」

　言われた途端、その言葉が呪文だったみたいに、俺の体がグラリと揺れる。

「ほらね？」

　俺は、高橋に肩を抱かれる格好になる。

　その時。

「――澪」

　聞きなれた声に、体がビクリと震える。

　振り返ると、そこに恭介がいた。

「恭介……？」

「おまえ、なんで一人で飲みに来てんだよ」

　思いっきり不機嫌そうな声だ。

つかつかと歩み寄ると、隣に立つ高橋に目をやる。

「澪は、俺が連れて帰るから」

高橋が俺から手を離し、肩をすくめる。

「酒井君が来てくれたんなら、俺の出番はなさそうだね」

恭介はそれに返事をしないまま、俺の肩を抱く。

「さぁ、帰るぞ、澪」

服越しなのに、恭介に触られた部分が、ひどく熱い。顔にまで熱が上ってくるのがわかる。

恭介がさらにぐっと強く、俺を抱き寄せる。

女子の黄色い声が上がるのが聞こえたが、耳元で囁く恭介の声にかき消される。

「お仕置きだな」

Lesson 03.　捕まる。

恭介に肩を抱かれたまま、タクシーを拾う。

運転手に対して俺のアパートへの行き方を指示する恭介に、少しほっとする。もしかしたら恭介のマンションへ連れて行かれるかもと思ったからだ。

(「お仕置きだな」)

恭介の囁きが耳に甦る。途端に、体がジンと熱くなってしまう。

もう二度と体を合わせないと決めたのに、どこかで期待している自分が情けない。

恭介は口を開かない。

俺も、酔った頭の中でいろんな考えがグルグルよぎって、大混乱中だ。

(お仕置きって、やっぱりエッチな意味だよな?)

(でも、もうハグもキスもセックスもしないって、こないだ宣言したたし)

(もし迫られたら、なんて言って拒否しよう)

(いや、そもそも拒否できるのか、俺?)

そっと隣に座る恭介へ視線をやると、もう何千回と見てるはずなのに、やっぱりハッとするくらいカッコいい。

五日ぶりの恭介を、ついぼんやりと見つめてしまう。

「何？　俺に見とれてんの？」

何言ってんだ、こいつ!?（実際、見とれてたんだけど……）

慌てて俺が視線をそらすと、顎に手をかけられてクイッと恭介の方へ顔を戻される。

「そんな無防備な顔しやがって」

恭介が舌打ちする。

「早速、変な虫につきまとわれて」

（は？　虫？）

「タクシーの中でエロいことされたくないんだろ？　なら、おとなしくしてろ」

意味深な言い方にゾクリとする。

こいつの一挙一動に過敏に反応してしまう自分が悔しい。

しばらくすると、タクシーは目的地である俺のアパート前で止まった。恭介が料金を支払い、俺たち二人は二階へと続く階段を上る。

「恭介は、帰んないの？」

部屋の鍵を開けながら、一応そう尋ねてみる。帰るわけないのはわかってるんだけど。

「今夜は、お仕置きだって言ったろ」

俺の手に重ねるようにしてドアノブを回し、反対の手で俺を引き寄せると、部屋に引っ張り込まれた。

「恭介っ⁉」

部屋に入った途端、すごい力で抱きしめられて、俺は抵抗することもできず呆然とする。

「俺のいないところでアルコール飲むなって言ったろ？」

耳元で囁かれる。

「ちょっ！　恭介、だめだって！」

体全体を密着させられて、耳元に低い美声を吹き込まれて、俺の体は一瞬で熱に沸き立つ。お互いしっかり服を着ているのに、まるで裸で抱き合っているかのように興奮してしまう。これじゃあ、恭介と触れ合う＝性的快感って脳に刷り込まれたパブロフの犬状態だ。

「こういうことしないって言っただろ！」

恭介の腕から逃れようと動くと、かえって互いの体のあちこちが擦れ合って、ビリビリとした刺激が走る。

あぁ、もう、どうしたらいいんだよ！

「エロいことはしてない。酔ってる澪を支えてるだけ」

「なっ！　何言ってんだよ⁉」

恭介がより強く俺を抱き込んで、腰に硬くなったモノを擦り付けてくる。俺のモノもすでに臨戦態勢だ。

「今夜は、澪が泣いておねだりするまで、お仕置きするから」

そんな鬼畜なセリフを吐かれて、鳥肌立てて嫌悪してもいいくらいなのに、なぜか俺の一物はさらに硬さを増してしまう。

これじゃ、俺にマゾっ気があるみたいじゃないか！

ない！　ない！　俺にそっちの気は一切ないから！

「おまえ、自分がどれだけ周りの男に狙われてるか、わかってないだろ？」

(はぁ？)

何を言われているのかよくわからないまま、唖然として力が抜ける。

(俺が、男に、狙われてる……!?)

そんな俺の体をようやく解放すると、恭介が両肩を掴むようにして、じっと覗き込んでくる。

「今日、おまえと一緒に帰ろうとしてた男、あいつも完全におまえ狙いだからな」

(何言ってんの、こいつ!?)

ぼんやり見返す俺に、恭介がイラつくような表情を見せる。

「だから、おまえがそういう顔すると、男は誘惑されてるって勘違いするんだよ！」

靴を脱ぎ捨て、俺の手を引っ張りながら、部屋に上がりこむ恭介。

そのまま俺はベッドの上に座らされた。

「おまえな、無自覚すぎるんだよ。一年の時から飲み会に行くたびに、男の先輩たちとかにしょっちゅう絡まれてただろ？　酔っ払ったおまえをホテルに連れ込もうとしてたやつらが、どれだけいたと思ってんだよ。おまえはいい気分で酔っ払っててわかってなかったろうけど、……俺の苦労も知らないで……」

回らない頭ながらも、恭介が言ってることを、俺はなんとなく理解する。

確かに俺は飲み会に行くと、同じ大学のやつとか、店にいる知らない野郎とかから、やたら声をかけられて、ベタベタされることが多い。酔っ払って浮かれた気分で、にこにことそいつらの相手をしてたりすると、急に外に連れ出そうとされたりすることも一度や二度じゃなかった。けど、そんな時いつも恭介が俺のところに来てくれて、特に面倒なことは起きなかったんだけど……。

あれって、ゲイの男どもから俺を守っててくれたのか……!?

「……俺、男に興味ないよ……」

なんて返事をしていいかわからずに、とりあえず、そう答えてみる。

「知ってる」

「別に、男を誘ったりもしてない」

「わかってる」

「見た目だって完全に男だぜ？　女の子っぽくなんか全然ないし、可愛くもないし」

「おまえは、可愛いよ」

恭介の言葉に胸がドキッとする。

なんで当たり前みたいに変なこと言ってんだよ！

——で、なんで俺は、そのおかしなセリフにドギマギしてるんだよっ！

「ばっ、ばかやろっ！　男に可愛いなんて言うなよ！　嬉しくないし！」

可愛いなんて言われても腹が立つだけのはずなのに、どうして恭介に言われると、恥ずかしくてたまらないんだろう……？

「でも、おまえ、マジで可愛いし」

「っ!!」

重ねて言われて、言葉を失う。

今の俺、きっとまた顔が真っ赤になってしまってる。俺がこうなると、恭介は必ず……。

「だから、そういう恥ずかしがってる顔とか、すっげー可愛くて、欲情する」

（っ！　ほらな！）

予想どおりのリアクションに、正直どうしていいんだかわからない。男に欲情されて、俺もそれに煽られるとか、もう……混乱の極みだ。

恭介の指が俺の頬を優しく撫でる。それだけで、体に電気のような甘い痺れが走る。

「だめだって……恭介。こういう関係、やめないと……」

そう言いながら顔を上げると、恭介の目に欲望の色が灯っている。

その瞳に魅入られたように、俺も下腹部がジンと熱くなる。

「こういう関係って、どんな関係？」

笑みを含んで、恭介が問いかけてくる。

「えっと、だから……セックスとかして……」

わざと恥ずかしいこと言わせようとしてるだろ⁉

「でも、アナルに挿入はしてないだろ」

ホントにどうして、そういうことをさらりと言えるかな……。耳まで赤くなってしまうのがわかる。

「そ、それはそうだけど……キスしたり……あちこち、な、舐めたり、吸ったり、してるだろ……」

うっ、あまりの恥ずかしさに、どもっちまったじゃないかよ。

「男子校とかだと、結構そういうのあるだろ」

え⁉　そうなの？

「男同士で抱き合ったり、キスしたり、擦り合ったり……。友達同士でいろいろ気持ちいいことする男《やつ》、結構いるよ」

男子高（それも全国的に有名な進学校）出身の恭介が、当たり前のように言う。

マジか⁉　男子高って、そんなにヤバイところなのか？

田舎の公立高校しか知らない俺には、まったく想像不可能な世界だ。俺が通学可能な地区には、男子校とか女子校とか、そういうオシャレなものは存在してなかった。だから、ちょっと憧れてたのに。

「自分でするより、他人にしてもらう方がずっといいだろ？」

そりゃあ、間違いなくそうだけど。

「自慰の延長みたいなもんだよ」

いやいや、それは違うだろ。

俺の顔を優しく撫でていた恭介の指が、突然、するりと胸元に落ちてきて、服の上から敏感な突起に触れてくる。

「あっ！　んっ……！」

予期していなかった刺激に、体が跳ね、変な声が出てしまう。

「澪、感じる？」

すっごく感じる。

触られた乳首が硬く尖ってくるのがわかる。

あぁ、恭介に、もっと触られたい……。

「……だめだって、恭介」

心と裏腹に、俺の理性がそう答える。

「今夜はエロいことはしないって言ったろ？　俺は、酔っ払いの澪を親切で介抱してやってるだけだ」

そういいながら、俺のシャツのボタンを器用に外していく。

「自分でやるから」

恭介の腕を拒もうとした俺は、いとも簡単に両手を恭介に捕らわれてしまった。

恭介は、自分の首元から片手でスルッとネクタイを外すと、とびきり爽やかな笑顔を見せる。

「おまえが酔うと、色気が半端ないんだよ。……そもそも、俺たちがこんな関係になったのだって、おまえが酔っ払って、俺にキスをねだってきたからだろ？　だから、一人で飲み会には行くなって、あれだけクギ刺しといたのに、ちっとも聞かないんだからな。……もう二度としないって思うように、体にちゃんと覚え込ませてやるよ」

言い終わると、あっという間にベッドに押し倒され、両手首をネクタイで縛り上げられ、さらにそれをヘッドボードにくくり付けられる。ベッドに仰向けにした俺に馬乗りになって、恭介が欲望に濡れた瞳で俺を見つめる。

「まずは、シャツを脱ごうな」

三つほど残っていたシャツのボタンを全て外され、中に着ていた薄手のインナーが顔を出す。

「服越しでも、澪の可愛いピンクの乳首が見えるよ」

恭介が両方の突起をさわさわと撫で回し、つまんだり、こねたりし始めた。

「やっ！　やだ、んっ！　だめっ……恭、介……」

だめといいながら、体は完全に快感を拾い始めていて、そのあまりの気持ち良さに俺は喘ぐ。

「あぁ、すぐ……イッちゃいそうだ……あっ！　もう、イッちゃうから……」

頭に白い靄《もや》が掛かり、急激に体の芯が昂ぶってくる。

――と、胸への刺激がピタリとやんだ。

「恭介……？」

きっと蕩けてだらしいな顔を晒してるだろう俺は、下半身にまたがるようにして見下ろす恭介を、熱に浮かされたまま、ぼんやりと見上げた。

「澪が、俺が欲しいっておねだりするまで、イカせない。……体中いっぱい可愛がって、欲しくてたまんないっておまえが泣くまで、お預けだからな」

親友にそんな言葉を投げられて、俺は、それだけで危うくイッてしまいそうになる。

離れようと思うのに、圧倒的な引力で俺は恭介に捉われてしまう。

そして、そんなふうに恭介に激しく求められて、嬉しさを感じている自分が確かにいた。

Lesson 04.　堕ちる。

昂ぶった俺の体は、より強い快感を淫らに求めている。

孕《はら》んだ熱を発散したくて体をねじるようにしてみるが、両手が縛られているから、思うように動けない。

「はっ、んっ……」

太ももの上には恭介が馬乗りになっていて、脚の動きも封じられている。さっきまでいじられていた胸の先端と、下腹部の一物《いちもつ》とが勃ち上がって、もっと快感が欲しいと主張する。イキそうなのにイケない感覚が、体の中で渦を巻く。

「……恭、介っ……」

触ってほしくて、ついねだるような口調になる。

「触ってほしい？」

恭介が嬉しそうに目を細める。

そんな意地悪エロな質問に、素直にイエスなんて言えるわけがない。

（くっそー、こいつ、絶対にドSだ。わかってるくせに聞いてくるんじゃねーよ！）

恥ずかしくて、悔しくて、俺は恭介を思いっきり睨みつけてやる。

なのに。

「澪、おまえ、ヤバイ……」

恭介の目が、さらにギラつく。

「そんな快感に蕩けた顔で睨むとか、可愛すぎるんだけど。……俺を煽ってんの？　もっとひどくしてほしいんだ？」

ひーっ！

しまった！

俺のささやかな反撃が、むしろ悪手になるとは。

「ち、違うっ‼」

慌てる俺を尻目に、恭介の手のひらが服の上から、ゆっくりと俺の上半身を撫でさすり始める。

「あっ……！」

待ちわびた感覚に、体がビクッと震える。

「澪が、俺とエッチなことをしたくないって言うから、服を脱がしたりしない。……ただ、酔っ払いの澪を、時間をかけてゆっくり介抱するだけだから」

首から腕、胸元、腹部――マッサージのように全体を撫で上げながら、勃ち上がってる胸の蕾には触れてこない。当たりそうなギリギリのところまで撫でて、すっと離される。

「あっ、んっ！」

乳首の周りをしつこく恭介の指が撫で回す。

でも、触ってほしい肝心のところには触れてこない。

「んっ……はっ、ん」

もどかしくて、腰が揺れてしまう。

「澪の表情《かお》、すっごくエロい。……見てるだけでイケそうだ」

俺に覆いかぶさるようにしてきて、耳元で低く囁く。

「ホントはすぐにでも気持ちよくしてあげたいけど、今日はお仕置きだからな」

体を起こし、恭介が淫猥なマッサージを再開する。乳頭の麓ばかりを攻め立てられ、焦《じ》らされすぎでたまらなくつらい。

もう、駄目だ……。

「恭介、……さわって」

恥ずかしすぎて、声が震える。

「どこを？」

「……わかってるだろ」

「ちゃんと言葉にしないとだめだ。おねだりできるまで、お預けだって言ったろ？」

(そんなんもん、できるかっ!)

「この、ドS野郎っ!」

思わず涙目で言ってしまう。

「だから、そんなエロ可愛い顔して怒ると、逆効果だって。もっといじめたくなる」

恭介の指が、ピタリと動くのを止めた。

驚いて恭介を見上げると、劣情に濡れた切れ長の瞳に出会って、ゾクリとする。俺の体中を舐め回すように見つめてくるその瞳に、視姦されてるみたいだ。

「んっ、ふっ……」

何もされていないのに、甘ったるい喘ぎが漏れてしまう。

自分のそんな声を聞きたくなくて、俺は唇をきゅっと噛みしめる。

「そんなに唇を噛みしめるなよ。可愛い声が聞こえないだろ」

人差し指で俺の唇を優しくなぞった後、指二本で口をこじ開けてくる。片手は俺の上半身を愛撫しながら、もう片方の指で口内を犯す。溢れてきた唾液が、恭介の指をぐしょぐしょに濡らしながらこぼれ落ちる。唾液をかき回す淫靡な音と、口の中の粘膜を指で擦られる感覚に、背筋を甘い刺激が駆け上がる。

「ふっ、ん、んっっ」

嬉しそうに俺の口の中をかき回す恭介と目が合って、ゾクゾクするような興奮が押し寄せる。こんなひどいことをされてるのに、信じられないくらい感じてしまう。

「酔っ払って気分が悪いだろ？　そういう時は、こうやって口に指を突っ込むといいんだぜ」

（それは、吐きたい場合だろうが！　おまえの指の動きは、エロいだけなんだよ！）

心の中で一応そうツッコんではみるが、すでに俺の脳内は快楽に溺れそうになっている。

口の中をもっと別のもので犯してほしくてたまらない。

（あぁ……キス、したい……）

恭介との目くるめくようなキスを思い出す。舌を絡め合って、唾液を交換して、口内全体を熱くてぬるりとしたモノで貪られたい。

つい、恭介の唇を凝視してしまう。

（あの唇で、犯されたい……）

「どうした、澪？　そんな色っぽい顔して」

わかってるくせに。

「俺とキスしたい？」

欲望に急かされるようにして、俺はそっと首を縦に振る。

「ちゃんと口で言わないとだめだって言ったろ？」

……そんな恥ずかしいこと、言えるか。

「しかたないな、澪は」

恭介が溜め息をつきながら、子供をなだめるような口調で言う。

「俺との約束を破って、一人で合コンに行ったおまえが悪いんだろ？」

涙と情欲で潤んだ目で、俺はじっと恭介を見つめる。

（約束破ったのは悪いけど、でも、おねだりなんて恥ずかしいことできるわけないだろ……）

「ほら、俺の指に舌を絡めてみな？　ドロドロになるまで舐めてみろよ」

俺は言われるがままに、恭介の人差し指と中指に舌を這わせ、舐めたり吸ったりしてみる。まるでフェラチオしてるみたいな気分になってきて、脳が蕩けそうだ。

「あぁ、たまんねぇ。……澪、やらしすぎ。そのエロ可愛い口ん中を、俺のペニスで思いっきり犯したい……」

恭介の言葉に、俺の肉棒がビクビクと反応する。

（俺も、恭介の凶悪すぎるくらいデカくて硬いアレで、喉の奥を突かれたい……）

いやらしい言葉で攻められるだけで、イッてしまいそうに感じるなんて。

相手は男なのに、親友なのに、なんで信じられないほどの情欲が湧いてくるんだろう。

女の子とセックスした時、こんなふうに制御不能な劣情をもよおすことなんて一度もなかったのに。自分が恭介に変えられていくような恐怖を感じるのに、その恐れさえも快感へ変わっていく。

ぴちゃぴちゃと夢中になって舐めしゃぶる俺から、恭介がそっと指を抜き取る。俺の唾液で濡れそぼったそれを、ゆっくりと自分の口に含み、舐め回す。

「やっぱ、おまえの唾液、甘いな」

そう言いながら、ねっとりとした視線を投げられて、かろうじて残っていた俺の理性が崩れていく。

「……恭介……キス、したい……」

「もう一回、言って」

情欲にギラつく恭介の目が、獣みたいだ。

「恭介の唇と舌で……俺の口を、犯して」

最後まで言い終わらないうちに、すごい勢いでのしかかられて、唇を貪られ始める。柔らかく湿った唇の感触と、ズルリと口内に入り込むざらついた舌の熱さに、俺の体はあっという間に絶頂に駆け上がる。

「ふぅ……っ！　んっ！　……んんんんっっっ‼」

深くキスされただけで、俺はいきなり射精してしまう。焦らされていたからなのか、イッてる感覚が長く続く。

（あぁ……気持ちいいっ……）

脱力する俺の口内を、恭介が舌でさらに強くなぶってきて、俺はすぐに続けてイキそうになる。連続して射精するなんて、無理だ。

絶頂の波が止まらないまま、再び体がひどく昂ぶり始める。

「んんんっっっ！」

なんとかキスを止めてもらおうと、必死に首を振って恭介の唇から逃れようとするが、両手で頭を挟まれ、恭介の舌の動きがより激しくなる。

(イッてるのに、まだイッてるのに……続けてイクっ‼)

続けざまに二回目の射精を強いられ、体がビクビク痙攣するように何度も跳ね上がった。絶頂の瞬間、意識が飛びそうになる。文字どおり気持ちよすぎて死にそうだ。

恭介がようやく俺の唇を解放してくれて、俺は浅く荒い息を繰り返す。絶頂の快感と酸素不足で、危うくブラック・アウトしそうだ。

「おまえ、俺を殺す気か……」

「ちゃんと天国に行けたろ？」

ニヤリと恭介が笑う。

「……」

ドSな野郎に何を言ってもムダだ。

必死に呼吸を整える俺の耳に、楽しそうな恭介の声が飛び込んでくる。

「服着たまま粗相《そそう》しちゃったな、澪君」

そう言いながら、俺のパンツやブリーフを脱がせ始める。

「綺麗に掃除してやるからな」

「やめろよ！　自分でやるから！」

　恥ずかしくて、じたばた暴れる俺を、恭介が上から見下ろす。

「言うこと聞かないと、また、お仕置きするけど……いいのか？」

（この、鬼畜！　外道！　おねだりするとか、死にそうに恥ずいんだよ！）

　おとなしくなった俺を見て、恭介が満足そうに作業を続ける。上半身は服を着たまま下だけ脱がされて、そのうえ、性器の汚れを親友に掃除されるとか、どんだけ罰ゲームなんだよ……。

「すっげー量だな」

　俺の下着は、二回もぶちまけてしまった精液でドロドロになっている。恥ずかしくて横を向く俺に、恭介が言う。

「俺の口で綺麗にしてやるから」

「ひゃあっ！」

　白濁だらけのペニスを一気に口に含まれて、ジュボジュボとしごかれる。柔らかくなっていた俺のモノは、その行為ですぐに硬さを取り戻す。

「やめろよっ！　……だめだって！」

　頼むから、普通にティッシュとかで掃除してくれよ！

俺の哀願を気に留めたように、恭介が一物から口を離す。ほっとしたのもつかの間、今度は、手でペニスをしごきながら、周りに飛び散った白液を舐め取り始める。

「あっ！　……やだっ……だめだ、んっ！」

あちこちを舌でなぶられ、器用な長い指で勃起したものをしごかれて、俺の下腹部はあっという間に快感に占領され始める。

「あっ！　……恭介っ……いいっ！　……気持ちいいよ、っ！」

体を浸してくる肉体の愉悦に、もう逆らえない。腹や太もも、脚の付け根を丹念に舐め回した後、恭介が俺のモノを再び口に含む。

「あぁ！　……イクっ！　イッちゃうよっ！」

三度目の液を、俺が恭介の口内に激しく注ぎ込むと、いつものように恭介がそれを飲み干す音が聞こえた。

初めて恭介が俺の放ったものを飲み込んだ時、あまりのショックに愕然としたが、今は、不思議と愛しいような気持ちさえ湧いてくる。

(俺、頭がおかしくなってんのかな……)

「……恭介のも、俺に飲ませて……」

無意識に、俺の口からそんな言葉がこぼれる。

恭介が、驚いたように俺を見つめてくる。

「おまえのは、俺が……処理してやるよ」

恭介が、嬉しそうな、それでいて少し照れたような表情を見せる。

「澪……」

（なんだよ、そのデレデレにだらしない顔は）

俺まで恥ずかしくなってきて、顔が赤らんでしまう。

いつだってクールで冷静なおまえが、俺といる時だけ、そんな表情を見せてくれるんだよな……。そう思うと、胸が締めつけられる。

俺といる時だけ、だよな？

相川と二人の時も、そんな顔、見せるのか……？

恭介が、俺の手を縛っていたネクタイを外し、ベッドの上に抱き起こしてくれる。ベッドサイドでスラックスを脱ぐと、恭介が俺の前に座る。恭介のペニスはギンギンに勃起している。

俺が言わなかったら、自分で処理するつもりだったんだろうか？

体を重ねる時、恭介は俺の体中に気が狂いそうな愛撫をくれる。俺は何度も何度もイカされて、気を失うほど気持ちいいのに、俺から恭介へ積極的な行為をしたことはあまりない。手でしごいたり、口で抜いたりはするけれど、俺が恭介から与えられる快楽に比べたら、全然物足りないものだと思う。

恭介はそれで満足なんだろうか？　女の子相手なら、挿入だってできるのに……。

俺は、あぐらをかいて座る恭介の脚の間に顔を埋め、ゆっくりと亀頭に舌を走らせた。せめて、俺も恭介を気持ちよくしてあげたい。裏筋を舐め上げ、先端を口に含むと、恭介が俺の髪を優しく撫で始める。唇と指を使って、恭介が気持ちよくなるように奉仕する。

恭介が小さく呻《うめ》き声を漏らしながら、俺の髪を時折激しくかき回す。

「はぁっ……いいよ、澪……すごく気持ちいい……」

感じきったように甘い声を漏らされて、俺のモノまで昂ぶってくる。

(恭介、もっと感じて、もっと気持ちよくなって)

俺は動きを早めながら、口の中のモノを必死に舐めしゃぶる。恭介のが大きすぎて、顎も痛いし、息も苦しいのに、なぜだか俺のペニスも先走りの液が滲んでくる。

「……澪……澪……」

うわ言のように名前を囁かれて、体の芯がジンと熱くなる。

(恭介……)

唾液で濡れそぼった恭介の肉棒を、いやらしい音を立てながら激しく出し入れすると、恭介のモノがさらに膨らんで質量を増した。恭介がイキそうになっているのがわかって、俺の腰も前後に揺れてしまう。

「……澪!　……澪!　……好きだ!　おまえが好きなんだ!」

俺の頭を押さえつけるようにしながら、恭介が小さく叫ぶ。

（俺も、恭介が好きだ……）

心も体も悦楽の淵に堕ちていきながら、俺たちは、同時に絶頂を迎えた。

Lesson 05. 繋がる。

澪が俺の放った精を飲み込んだのを見た時、体中がひどく熱くなって、性懲りもなく俺の下半身が硬さを取り戻す。

今まで何度か口淫をしてくれたことはあるが、精液を飲み込んでくれたのは初めてだった。たまらなく愛しくて、俺は澪をぎゅっと抱きしめた。

「澪、好きだ……」

そう告げてしまう。

口に出してはいけないと思っていたのに、澪への気持ちが抑えきれない。

「……うん……ありがと」

俺の言葉に一瞬だけ身を硬くした澪だったが、そっと俺の背に手を回してくれる。柔らかな口調とその優しい仕草に、俺の心臓がドキリと跳ね上がる。

驚かれ、拒否されるのを覚悟していたのに。

「澪……？」

澪の顔を覗き込むと、真っ赤になって下を向いている。

めちゃめちゃ可愛い。

「俺に好きとか言われて、気持ち悪くないのか？」

恐る恐る聞いてみる。

「気持ち悪いわけないだろ。こんなことまでしてる相手なのに……」

視線を上げないまま、恥ずかしそうに答える澪。

駄目だ。

可愛すぎて、また襲いかかりたくなる……。

俺が黙り込んでいるからか、澪が不思議そうに顔を上げた。頬を赤く染めて、微《かす》かに首をかしげるような仕草が可愛すぎる。

我慢できすぎに、俺はその愛らしい唇に噛みつくようなキスをする。舌を差し入れると、少しためらいがちに、澪が舌を絡めて応えてくる。澪の口の中に残る俺の残滓の味さえもが、精液を飲み込んだ時の澪の様子を思い出させ、脳を痺れさせる。

これまで、女性とセックスするたび、自分は性に淡白な人間なのだと感じていたことが嘘のようだ。澪と一緒にいると、何度でも何度でもその体を貪り尽くしたくなる。

「……んっ」

夢中になって互いの舌と唾液を味わっていると、澪が鼻に抜けるような甘えた声を出す。感じている証拠だ。俺はいつも、こういう澪の色っぽい声を聞くだけで股間が激しく疼いてしまう。

本当に、こいつの全てがエロすぎてたまらない。

澪の柔らかな口唇を思う存分味わった後、唇をゆっくりと離すと、二人の唾液がいやらしく糸を引く。俺を見る澪の顔がトロトロに蕩けている。

犯してくれと言ってるみたいだ。

（あぁ、澪の体内《なか》に俺のペニスを突っ込みたい……）

男として抑えることのできない欲望が頭をもたげる。

（こいつの体の中を、俺でいっぱいにしたい）

そんな獣のような劣情が荒れ狂う反面、澪を誰よりも何よりも大切にしたいという想いも同時に湧き上がる。自分で自分の気持ちがコントロールできない。

「澪、おまえを誰にも渡したくないんだ。……俺のものになって……」

澪が少し目を見張る。

そして。

「……うん」

俺の思考が完全に止まる。

受け入れてもらえるなんて考えは、まったくなかった。困惑し、拒絶しようとする澪の気持ちを、どうやって俺に向ければいいかだけを考えていたのだ。

反応を返すことができない俺を見て、澪が嬉しそうに笑う。

「おまえのそんな顔、俺しか見れないよな」

胸が痛くなるほどの幸福感が押し寄せてきて、俺はもう一度、澪を強く抱きしめた。

「俺、今までこんなに誰かを好きになったことがないんだ。……自分でもどうしたらいいかわからないくらい、澪が好きだ……」

「うん。……俺も、たぶん、恭介が好きなんだと思う。……友達っていうだけじゃなくて、もっと大切な存在として……」

「なぁ……もう一回したいんだけど、いい？」

俺の言葉に、澪が大きな溜め息をつく。

「おまえなぁ……。今、俺たち、すっごくいい雰囲気だったろ？　何そのムードぶち壊しまくりなセリフ……」

「だって、おまえが俺を好きなんて言うから、我慢できなくなったんだよ！　おまえの体の隅々まで、可愛がってやるからさ」

「……ホント、おまえ、エロおやじみたいだな。そんなんで、よく女子にモテてたよな」

「相手がおまえだから、我慢できないんだよ」

沈黙までが、すごく甘い。俺も澪も、デレデレな雰囲気になっているのがわかる。

「……ホントに一回だけ……？」

「それで我慢できる、と、思う……」

　再び、澪の盛大な溜め息。

「明日は朝からバイトあるから、一回だけな？」

「わかった。……でも、その一回をじっくり時間をかけて味わわせてもらうからな」

　澪が恥ずかしそうに、そっぽを向く。

「ホント、おまえって、鬼畜……」

　俺は澪の顎へ手を伸ばし、優しく俺の方を向かせる。

「いっぱい可愛がってやるからな」

　澪の顔に朱が射すのを見て、俺の欲望の堰《せき》が切れた……。

Lesson 06. 満ちる。

目が覚めると、隣で澪が眠っている。

セミダブルに男二人なんて狭苦しいはずなのに、澪と肌が触れている窮屈さまでが嬉しい。眠りを妨げないように、そっと澪の頬にキスを落とす。

男の寝顔が可愛いと思うなんて、俺の頭は本当にイカレてしまったのかもしれない。

このままそばにいると間違いなく澪を襲ってしまいそうだから、触れ合う肌のぬくもりから離れて、ベッドから脱け出す。

できることなら先週みたいにバイトを休ませて、朝から晩まで澪の甘い体を貪っていたい。でも、澪の心を繋ぎ留めておくためには、自分の欲望に封をすることも覚えなくてはいけない。澪は、ああ見えて良識人だ。男同士でつき合うなんて、本来なら受け入れられないはずだ。俺たちの体の相性が良すぎて、肉体的には溺れたとしても、心の中では葛藤が半端ないだろう。

それでも、俺を選んでくれたのだと思うと、愛しさで胸が熱くなる。

シャワーを浴びようと歩き出しながら、汗と体液の跡にまで胸が弾んでしまう自分に呆然とする。女性とセックスした後、すぐに汚れた体を洗い流したくてたまらなかった俺が、今は、澪との情事の名残までが愛しい。

こんなに人を好きになるなんて、想像もしていなかった。他人に対して、これほど強く心を動かされてしまう自分が信じられない。

そして、生まれて初めて知る強い恐怖に捉われ始めていることにも気づく。

もしも、澪を失ってしまったら……。

＊＊＊

初めて澪に会ったのは、大学に入学したての頃、サークル選びをしている時だった。

目的もなくサークル棟をぶらついていた時、『歴史愛好会』の看板が目についた。

そして、そのドアの前に佇む男子学生の姿も。

俺と目があったそいつは、キラキラした瞳を輝かせて、俺に笑いかけてきた。

「こんにちは！　歴史愛好会の方ですか？　俺、入部希望です！」

明るく柔らかそうな茶髪に、大きめの瞳が印象的な甘い顔立ち。さぞかし女子には人気があるだろう。

「悪い。俺も一年……」

「あ、そうなんだ。大人っぽいから先輩だと思っちゃったよ」

そう言いながら、再び親しげに微笑む。

「おまえも、歴史愛好会に入んの？」

「……あぁ」

そんな気はなかったのに、なぜか俺は自然に同意していた。

そして、嬉しそうな表情のそいつを見て、無性に胸が弾む。

「俺、教育学部の夏越 澪。よろしくな」

「経済学部の酒井 恭介だ。よろしく」

俺たちは初対面ですぐに意気投合した。

他人との関係に常に一線を引いていた俺が、なぜか澪に対してだけはそれができなかった。

無邪気であけっぴろげな性格で懐に飛び込んできて、あっという間に俺の中で重要な位置を占める。学部は違うのに、澪と過ごす時間が当然のように増えていく。一緒に飲みに行ったり、映画を見たり、互いの買い物につき合ったり……。

俺も澪も女にはモテたから、それぞれ彼女と過ごす時間もあったが、それでも俺たちは頻繁に時間を合わせて、何かとつるんでいた。

誰といる時より、気楽で楽しい。こういうのを親友というんだろうかと思った。

中学、高校と私立のエスカレーター式男子校に通っていた俺には、それほど親しい友人はいなかった。部活や生徒会活動も行ってはいたが、バリバリの進学校だったから、基本は受験勉強一色だ。本当の意味で気を許し合い、馬鹿を言い合える友人はいなかった。

そんな俺にとって、澪の存在は、心に壁を作る必要のない希少で大切な存在だった。

どこかのアイドルグループにでもいそうな甘く端麗な容姿の澪は、女性陣にはすこぶる人気があって、入学後すぐに『王子《プリンス》』というニックネームを付けられていた。

同性の友人たちからも人懐っこく明るい性格で人気が高かったが、何より、酔っ払った時には、ゲイでもなんでもないストレートの男どもでさえくらっとさせるような色気を帯びて、俺をヤキモキさせた。

今思えば、酒の席で男に絡まれている澪を見て、ひどく不愉快な気持ちになったのは、嫉妬に近い感情があったからかもしれない。酒気に潤む瞳で澪に見つめられるたびに「こいつが女の子だったら、もろ好みなのに」なんて思っていたのだから。

そんな中、俺たちの関係が決定的に変わったのは、二週間前の夜。

酔っ払った澪にねだられるようにして交わしたキスが、始まりだった。

軽い気持ちで触れ合ったキスをきっかけに、俺たちの欲望は雪崩《なだれ》のように理性を冒していった。その快楽の蜜の味は強烈すぎて、俺も澪も理性を手放し、性行為にのめり込んだ。二十歳そこその男が性的快楽を拒絶することは難しい。どうしたって、肉体の愉悦に抗うことはできない。

だが、俺の欲望はそれだけに留まらず、心までもが澪に溺れていく。

恥ずかしそうに濡れた瞳で見上げてくる澪。

俺の愛撫でトロトロに感じてゆく澪。

快感に身を震わせ熱い吐息を漏らす澪。

ふだんの明るくノリのいい好男子はなりを潜め、なんとも言えない色香が俺の胸を深く侵食し、愛しさと独占欲で心が震える。

体を合わせるだけじゃ、足りない。心も、体も、澪の全てを、俺だけのものにしたい……。

自分の中で膨らむ強く激しい感情を自覚するのに、時間はかからなかった。

＊＊＊

「澪、そろそろ時間だぞ。起きろ」

「う……ん……」

もぞもぞと布団にくるまろうとする澪が可愛い。

「起きないと襲っちまうぞ?」

耳元で囁くと、澪の体がビクンと跳ねて、ぱちりと目が開く。

「……恭介?」

「シャワー、浴びて来い。朝ごはん作っといてやるから」

寝起きで状況が把握できていないらしい澪に、ちゅっと音を立ててキスをする。

「おはようのキス」

ニヤリと笑ってみせると、昨夜の甘いやりとりを思い出したらしい澪が、いきなり真っ赤になる。

「早く起きないと、またおまえのこと散々可愛がってバイト行けなくするぞ?」

「恭介っ!」

恥ずかしがる澪を見てると自制が効かなくなりそうなので、背を向けて台所へ向かう。

背後で澪が起き出し、バスルームへ向かう気配がする。

(今度、澪と一緒に風呂に入りたいな……)

朝からエロい想像をしてニヤける自分に、我ながら呆れる。

(美味い飯でも食わせてやるか)

俺はフライパンを片手に、澪と過ごせる幸せを噛みしめた。

「相川とは別れるから」

俺の言葉に、澪が口に運ぼうとしていたスクランブル・エッグを皿に戻した。

「恭介……」

「俺は本気で澪が好きなんだ。体の関係だけじゃなく、澪の恋人になりたい」

「こ、恋人とか」

真っ赤になる澪が可愛い。

大学に入学して二年あまり、一緒にいることが多かった俺たちだが、こういう関係になって初めて、澪が恥ずかしい時はすぐに赤面する質《たち》だと知った。頬を染めて恥ずかしがる澪は、色気ダダ漏れで、こいつのこういう表情は、他の誰にも絶対見せたくないと思う。

「俺たち、恋人同士だろ?」

俺の言葉に、澪が俯いたまま小さくうなずく。

あー、もー、マジ可愛すぎる。

バイトになんか行かせたくない。

「バイト終わったら、俺んちに来いよ」

澪が驚いたように顔を上げる。

「夕食も作ってやるから、今夜はうちに泊まれよ」

「えっと、でも……」

「明日はバイトないんだろ？　……今夜は二人で、ゆっくり過ごそうぜ？」

俺の意図するところを理解したらしい澪が、少し潤んだような瞳で俺を見返してくる。たぶん、昨夜のこととか、俺との行為のあれこれを反芻してしまってるんだろう。艶っぽい眼差しに俺の愚息が反応する。

「食事中に悪いんだけど、キスさせて」

俺は言葉と同時に席を立って、澪の唇を奪う。

卵の味がする甘い口内を舌で思い切りなぶると、澪が舌を絡めてくる。

（あぁ、たまんねぇ。……腰にくる）

しばらく澪の唇と舌を堪能した後、理性を総動員して唇を離すと、澪がうっとりしたような表情で俺を見てくる。

（ちくしょーっ！　この状態でお預けとか、まるっきり苦行だろ！）

必死に自分を律して席に戻り、コーヒーを口にしながら、体の熱を落ち着かせる。

「家で待ってるから」

「……うん」

小さく答える澪の言葉に、胸が締めつけられる。

嬉しくて、愛しくて。

澪は、今まで知らなかった様々な感情を、俺の中に呼び起こしていく。自分の感情や環境を冷静にコントロールすることに何より満足感を覚えていたはずの俺が、澪に翻弄されることさえ楽しいなんて……。

「相川とちゃんと別れたら、一緒に暮らさないか？」

食事を食べ終えてカフェオーレを飲んでいた澪が、上目遣いに俺を見る。

「……無理」

「なんで即答なんだよ」

「だって、一緒に暮らしたりしたら……俺、理性が効かなくなるから……」

思わず片手で顔を覆ってしまう。

こいつ、なんちゅー可愛いことを。おまえは小悪魔かっ！

「俺だってそうだよ。けど、おまえの事情と気持ちを最優先する。こないだみたいに、バイト休ませたり学校休ませたりしない。おまえの生活に支障が出ないように配慮する」

「……だって、恭介、ケダモノすぎだし……」

恥ずかしそうに言う澪に、ムラッとくる。こいつの仕草や言葉の一つ一つに煽られっぱなしだ。

（そんなこと言われたら、必死に理性を働かせてんのが弾け飛ぶだろ！）

今すぐケダモノになって、こいつを押し倒してしまいたい。

俺は大きく深呼吸を一つして、気持ちを静める。

「確かに俺は、おまえのことが好きすぎて、おまえを見てるだけで欲情しちまう。……でも、大切にする。おまえが嫌がるようなことは絶対しないって約束する」

「……じゃあ、もう……お仕置きとか、しない？」

真っ赤になって濡れた瞳で見上げてくる。

いても立ってもいられなくて俺はテーブルの反対側に回り込み、澪を引っ張り上げる。

「何⁉　恭介？」

問答無用で澪の体を強く抱きしめた後、再び唇を奪う。今度はカフェオーレ味だな、なんて思いながら。

少しだけ抵抗するような仕草を見せた澪は、でも、すぐにおとなしくなって、俺の背中に手を回してくる。俺たちは、角度を変えながら甘い口づけを繰り返す。

「おまえ、俺を煽りすぎ。もしかして、俺の理性を試してんの？」

唇を離してそう囁くと、澪が微かに身を震わせるようにする。

「ばかやろ……。恭介の方が、俺のこと挑発してるくせに……」

「今はキスだけで我慢しといてやるけど、夜は覚悟しろよ？」

「……ばぁか……」

澪の呟く言葉の甘い響きに、身も心も満たされるような気がする。

思いっきり優しく、そっと触れるだけのキスを唇に落として、俺は澪に微笑みかけた。

「大好きだ、澪」

Lesson 07. 惑う。

アパートの階段を下りながら、足元がふわふわするような感覚に襲われる。

（「大好きだ、澪」）

そう言って微笑む恭介の顔が甦ってきて、恥ずかしくて叫び出しそうになる。

どうして、あんな歯の浮くようなセリフを面と向かって言えるんだよ⁉

それも、見惚れるようなカッコいい表情で。

階段を下りきって、俺は思わずしゃがみ込む。思い出すだけでなんだか頭がクラクラするし、頬が熱い。

（「俺たち、恋人同士だろ？」）

恭介に聞かれて思わずうなずいてしまったけれど、親友からセフレになって、そして恋人……。たった二週間あまりの間に起きた急激な変化に、頭がついていってない。

でも昨夜、俺も、恭介を誰にも渡したくないと思った。

俺の名を呼ぶ時の甘い声、体中を滑るしなやかな指、熱い眼差しで見つめてくる綺麗な瞳――その全てを、他の誰にも奪われたくない。

体はとっくに溺れきっていて、心も、たぶん、恭介に捉われ始めてる。

なのに、冷静な頭の一部で「男同士の恋愛なんてタブーだ」と思っている自分もいる。同性愛に対して偏見はないつもりだけど、自分がそういう立場に立つのだと考えると、思考停止状態に陥る。はっきり言うと、真正面からその問題に立ち向かう覚悟ができてない。世間では、男同士で恋愛するなんて気持ち悪いと思う人間が圧倒的だろう。

家族にも友人にも隠さなきゃいけない関係。そんな関係を続けていくことに意味があるんだろうか？　お互いを傷つけて、周りの人たちを苦しませて、そして何が得られる……？

そこまで考えて、ようやく俺は立ち上がる。リュックを背負い直し、一気に重くなった足で駅に向かい歩き始める。

俺は、恭介が好きだ。

一緒にいると楽しくて、誰よりも安心する。知り合ってからたった二年なのに、ずっと昔から一緒にいた相棒のような気がする。

そのうえ最近は、恭介と一緒にいるとドキドキして、ドーパミンが出まくってるのがわかる。恭介がそばにいるだけで、媚薬でも嗅がされたように脳が蕩けて、何もかもどうでもよくなってしまう。そばにいたい。もっと近くで感じたい。もっと、もっと、って……。

それは、たぶん肉体的な快楽だけじゃない。

——俺は、恭介に恋してしまったんだと思う。

いったん、それを自覚してしまうと、自分がどれだけ恭介に強く捉われてしまったのかに気づく。

たった五日間会えなかっただけで、ひどく淋しかった。恭介が相川と一緒にいると考えると、胸が苦しかった。激しく求められて、告白されて、自分でも驚くくらい嬉しかった。

人を好きになるって、こういうことだったんだと、今さらながらに思う。

どうして俺が、つき合っていた女の子たちに振られたのか、ようやくわかった気がする。俺が、彼女たちのことを本気で好きじゃなかったからだったんだ……。もちろん、彼女たちのことを可愛いと思ってたし、エッチするのも好きだったし、自分なりに相手を大切にしてるつもりだった。でも、彼女たちを愛していなかった。

会えなくて淋しいとか、他の男に嫉妬するとか、抑えきれないくらい相手が欲しいとか、正直そんな気持ちになったことがなかった。

マジで最悪な彼氏だったと思う。俺の精神年齢って、恋愛面では小学生程度だったんだ。

親友を本気で好きになって、初めて他人《ひと》を恋する気持ちがわかるなんて、俺ってホント、馬鹿だ。

ぐたぐたといろんなことを考えているうちに、バイト先の本屋に到着する。

アパートの最寄り駅から電車で三駅。駅近の繁華街の中にある大型書店で、俺は週に三日アルバイトをしている。

「おはようございまーす」

店のドアをくぐりながら、大きく声をかける。十時の開店に合わせて、スタッフが準備を始めている。

タイムカードを押して、店の奥にあるスタッフルームへ向かう。

「おはようございます」

俺は、机に向かって書類を片付けている店長へ声をかけた。

「おはよう。今日は無断欠勤しなかったね」

ニヤリと笑う店長に、俺は溜め息をつくしかない。

「店長……もう、そのネタでいじめるの止めて下さいよ……」

「悪い、悪い。今まで無遅刻、無欠勤だった夏越君だからさー、かえってからかいたくなるんだよね～」

「なんすか、その理由……」

店長の言葉に呆れながら、上着代わりのパーカーを脱ぎ、お店のロゴが入ったエプロンを着ける。

「あ、夏越君、ちょっと待って」

早速、裏方の作業を始めようとする俺に、店長から制止の声が掛かる。

「今日はレジの方をやってほしいんだけど」

「表《おもて》、休みが入ったんですか？」

「うん。川原さんが急にお休みになっちゃってさ。裏は俺がやるから、表に回ってくれる？」

「了解です」

レジやるの苦手なんだけど、まぁしかたないか。

レジへ行くと、女の子たちが開店準備をしながら楽しそうにおしゃべりしている。

「もしかして、今日、夏越さんもレジですかぁ？」

「うん、川原さんの代理だって。よろしくね」

俺を見て、レジ担当の女の子三人組がなんだかキャーキャー喜んでいる。俺のサポートに誰が回るかで、ジャンケンが始まる。レジは全部で四つあるが、お客さんが少ない時は、二人一組で対応するのだ。

騒いでる様子が可愛いなぁ、と思う。やっぱ女の子って、スイーツみたいに甘くてふわふわしてて可愛いよな。

（おまえは、可愛いよ。……すっげー可愛くて、欲情する）

突然、ゆうべの恭介のセリフが甦ってきて、体が火照るのがわかる。

俺ってば、バイト中になに思い出してんだよっ！

「夏越さん、よろしくお願いしまーす」

俺のサポートに決まったらしい子が、にこにこと話しかけてくる。

「うん、よろしく」

基本的に俺がレジ打ちで、女の子がカバーを掛けたり、袋に入れたりする係だ。


あっという間に開店時間になり、来店客が増えてくる。

少しずつレジも忙しくなってきて、昼前には四台のレジがフル稼働になる。流れ作業で機械的に仕事をこなしていた俺は、最初、声をかけられても相手が誰だかわからなかった。

「夏越さん、体の具合は大丈夫ですか?」

二人組の女の子が俺に話しかけてくる。

「昨日、ちゃんと帰れました?」

そこまで言われて、ようやく昨日の合コンにいたメンバーだと気づく。

「あ、昨日の子たちか。ごめん、一瞬、わかんなかった」

「全然いいんです。夏越さん、昨日は体調悪そうだったから、覚えてなくて当然ですよ」

「昨日はごめん。飲み会で寝ちゃったりして、カッコ悪いよな」

「いえ、そんなことないです!」

力いっぱい否定してくれる姿に、思わず笑みがこぼれる。

会計をして、買ってくれたファッション雑誌を渡す。

「今日お店に来てくれたのって、まさか偶然じゃないよね？」

「友達で夏越さんのバイト先を知ってる子がいたから、教えてもらっちゃいました～」

「そうなんだ。わざわざ心配して来てくれたんだ？　ありがとな」

俺の言葉に、二人とも真っ赤になって可愛い。後ろに並ぶ客の列を見て、慌てて、

「じゃ、また来ます」と言いながらペコリと頭を下げる。

俺が微笑んで軽く手を振ると、「きゃっ♪」と二人が小さな声を上げた。

と、周囲からも同じような嬌声が幾つか聞こえる。

——なんだ？

「夏越君、お昼休憩に入っていいよ～」

店長が間延びした口調で、声をかけてくる。上機嫌な時の癖だ。

「ありがとうございます」

レジを出ようとすると、

「裏に友達が来てるよ～。イケメンくんだよ～」

店長の言葉に、胸がドキリとする。

(もしかして、恭介!?)

俺のバイト先まで来るような友人は、他に思いつかない。

（でも、家で待ってるって言ってたのに）

つい数時間前に別れたばかりなのに、恭介に会えると思うと胸が高鳴る。

勢い込んでスタッフルームのドアを開けた俺は、恭介とは違う後ろ姿を見て、途端に気持ちが急降下する。

（恭介じゃない……）

ドアの音に振り返ったのは、昨夜合コンで知り合ったばかりの男だった。

「……高橋？」

「良かった～。忘れられてたら、どうしようかと思ってたんだ」

悪びれずに笑いかけてくる。

「なんで、ここに？」

「あの後、大丈夫だったかなぁ、って心配でさ。夏越君、具合悪そうだったし……」

ちらっと意味深に俺を見やった後、言葉を続ける。

「酒井君が怒ってたっぽかったからさ……」

ゆうべの『お仕置き』が脳裏をよぎって、顔に熱が集まるのがわかる。

「ちょっと酔っ払ってただけだろ？　別になんともないよ」

「ふーん。……酒井君とは仲直りできたんだ……？」

うっ！　なんなんだよ、こいつ。

「別にケンカしてたわけじゃないし」

「そうだよね。夏越君と酒井君って、すっごく仲良さそうだんもんね？」

一体、こいつ何が言いたいんだ!?

（「あいつも完全におまえ狙いだからな」）

ふと、恭介の言葉を思い出す。もしかして、俺、鎌掛《カマ》けられてんのか？

「で、なんの用事で来たんだよ？」

ようやく頭が冷えてくる。

「その言い方、つれないな～。お昼でも一緒にどうかな、と思ってさ」

「そのために、わざわざここまで来たのか？」

俺の突き放すような言い方にも、高橋はまったく動じない。

「昨日の二次会でさ、夏越君がカッコいいって女の子たちが大騒ぎしてて、君のバイト先に行こうって盛り上がってたんだよ。で、俺も興味半分に覗きに来たってわけ」

なるほど、それで、さっきの女の子たちも店に来たのか。

「悪いけど、店が忙しいから外に食べに行く時間はないんだ。適当にコンビニで弁当買って食べるから」

「そっか。じゃあ、バイトの後は？　夕食、一緒に食べない？」

懲りないやつだ。

「夜は先約があるから」

「……もしかして、相手は酒井君？」

「だとしたら、どうかしたのか？」

心が次第に冷え切っていくのがわかる。

男同士でつき合うっていうのは、こんなふうに興味本位で探られたり、からかわれたりすることなんだろう。俺と恭介が恋人だって知ったら、大学中のやつらが白い目で見てきて、有ること無いこと面白おかしく噂するに違いない。

「もしかして怒らせちゃったかな？　別にからかうつもりで言ってるんじゃないよ。酒井君がうらやましいなぁって思っただけだから」

急に真面目な口調になって、高橋が頭を下げる。

「不愉快な気持ちにさせたのなら、ごめん。……夏越君のことは以前から知ってて、友達になりたいって思ってたんだ。合コンで知り合いになれて嬉しくて、つい図々しくなっちゃって悪かったと思ってる……」

「別にいいよ。……怒ったわけじゃない」

そう、腹が立ったわけじゃない。

ただ、俺と恭介の置かれた立場がどんなものなのか、初めてリアルに理解できた気がした。

世の中から後ろ指さされるのがどんな気分か、ってことが。

「おまえが俺と友達になりたいって意味が、今いちわかんないけど、大学で会う機会があったら、声かけてくれよ。少しくらいなら話、聞くから」

「オッケー。そう言ってくれるだけで嬉しいよ。今度、飲み物でもおごらせて」

椅子から立ち上がって、俺に笑いかける。

「夏越君は気づいてないみたいだけど、君と友達になりたいって思ってるやつは、男女問わずいっぱいいるよ。……君とか酒井君とかは、なんて言うか……『特別』なんだよね。だから、みんな少しでもお近づきになりたい、って思うんだよ」

高橋の言ってることはあまり理解できないが、褒めてくれてるのはわかる。

「友達なんて、すぐになれるだろ？　考えすぎじゃねーの？」

俺の言葉に、高橋が小さく苦笑する。

「特別な人にはわかんないよね、きっと。……お昼休みに邪魔して、ごめんね」

部屋を出て行く高橋の背中を黙って見送る。

なんだか一気に胸が重苦しくなって、食欲が失せてしまった。休み時間はコーヒーを飲みながら、雑誌でも読んで時間をつぶそう。

時計を見上げると、一時を過ぎている。バイトが終わるまで、あと五時間。

この店でバイトを初めて一年半。時間が経つのがこんなに遅く感じるのは初めてだった。

（恭介に、会いたい……）

　たまらなく恭介に会いたかった。


　ようやく一日の仕事を終え、上着を羽織ってタイムカードを押す。

「お疲れ様でした」

「夏越君、お疲れ様～」

　相変わらず機嫌良さそうに、店長が声をかけてくる。

「今日はレジのお客様、いつもより多かったよ～」

「そうなんですか？　俺、レジ慣れてないし、忙しくってまいりましたよ」

「夏越君目当てのお客さんが多かったよ～」

「は？」

「なんか最近、男前に磨きがかかったよね～」

　店長の言う意味がわからない。

「やっぱり、友達がイケメンだと相乗効果が出るのかな？　お昼の子もカッコよかったけど、外で待ってる子なんて、芸能人も顔負けの美形だね～」

「え!?」

「中で待つように言ったんだけど、外で待つからって言ってね。もう、バイトの女の子とかうっとりしちゃって大変だったよ〜」

店長の話を最後まで聞かずに、俺は外に飛び出した。

(恭介……!)

店の外の壁にもたれかかる恭介の姿を見て、たまらなく胸が熱くなる。

なんで、こんなに嬉しいんだろう。

なんで、こんなに好きなんだろう。

店の前を通り過ぎる女性たちが、恭介を振り返っていく。ただそこに立っているだけなのに、恭介の周りだけ空気が違う。端整な横顔と男らしさを感じさせる体躯。白いシャツに黒のデニムというシンプルなスタイルなのに、それがよけいにモデルのような肢体を引き立てている。

(「君とか酒井君とかは、なんて言うか……『特別』なんだよね。だから、みんな少しでもお近づきになりたい、って思うんだよ」)

高橋の言ってた言葉が、俺の胸の中にすとんと落ちてくる。

あぁ、こういうことなのか……。手の届かない相手を望んでしまう気持ち。普通とは違う、特別な存在。

視線を感じたのか、恭介が顔を上げ、俺の方を向く。そして、胸が痛くなるほど優しい笑顔を見せる。

俺の足は無意識のうちに恭介のもとへ駆け寄る。

「お疲れ」

その優しい声音にさえ、嬉しくて胸が震える。

「早く会いたくて、待ってられなくなった……」

甘い囁きに、心臓が跳びはねる。

この場で恭介を抱きしめたい。大好きだと伝えたい。

でも、そんなこと、できやしない。

「俺も、会いたかった……」

目を合わせないようにしながら、恭介だけに聞こえるように小さく呟く。甘く押し寄せる多幸感と、心を切り裂く切なさが、同時に俺の心を満たしていく。

俺たちが足を踏み入れてしまったのは、禁忌の恋だ。

それでも、もう、恭介から離れることなんてできない。

Lesson 08. 溺れる。

バイトからの帰り道、俺たちはマンションの近くにあるスーパーで買い物をすることにした。

店の入り口でレジかごを取って歩き出しながら、恭介が俺に聞いてくる。

「今夜、何食いたい？」

「なんでもいいよ」

「うわ、それって一番困る返事だな……」

そんなセリフを吐きながらも、恭介の口ぶりは優しい。二人で過ごす日常が、今までとは違う特別なものへと変化しているのがわかる。一緒に夕飯の買い物をする――そんなありふれた出来事にさえ心が躍る。

「いや、ごめん！　そういう意味じゃなくて……」

「わかってるよ。冗談だって。おまえってホントからかいがいがあるよな」

「だって、恭介が作ってくれる料理は、なんでも美味いから……」

「……」

不自然な沈黙に恭介の方を見やると、片手で顔を覆っている。

「恭介?」

「今すぐ抱きしめたい……」

聞こえないくらい小さい声で恭介が呟く。

「ばっ、ばかやろ! こんなとこで何言ってんだよっ」

声を抑えてそう返すが、本当は俺だって、すぐにでも恭介に触れたい。

「今日一日我慢してたから、もうマジで限界……」

不穏なくらい低く押し殺した男っぽい声に、鼓動が跳ね上がる。

「さっさと買い物済ませて帰ろうぜ」

恭介の発する欲望の熱が、俺にも伝わってきてゾクリとする。

言葉どおりに恭介は急いで食材を買い込み、レジへと向かう。周囲の女性が、恭介へ熱い視線を送っているのがわかる。

どこにいても何をしても、嫌味なくらい様になるヤツだ。スーパーで買い物しててもカッコいいとか、どんなチートだよ。

買い物を終えた俺たちは、店を出て、線路沿いの小道を二人で歩く。

日が沈み、辺りには宵闇が訪れている。

なんとなく交わす言葉に詰まって、俺たちの間に沈黙が落ちる。

並んで歩く互いの距離が、前より微妙に近い気がする。恭介が、持っていたスーパーの袋を左から右へ移し変え、空いた左手で俺の右手を捕らえる。

「恭介……！」

驚いて手を振りほどこうとするが、掴んだ手のひらの力に抑え込まれる。

「こんな所でマズいだろ！」

足を止め、反抗するように恭介を見上げると、情欲の色をたたえた瞳にぶつかる。

「ちょっとだけでいいから、こうさせてて」

恭介の長くしなやかな指が、俺の指の間に淫らに入り込んでくる。互いの指と指を絡め合う仕草に、俺の体に熱が灯《とも》り、熱い吐息が漏れてしまう。

「そんな色っぽい声出すなよ……」

「ば、ばかやろ。い、色っぽいとか、変なこと言うな！」

夜の帳が立ち込め始めた小道には、俺たち以外に人影はない。立ち止まったまま、指を深く絡めながら見つめ合う。

——このまま、キスしたい。

そう思った瞬間、恭介が俺にふわりと触れるだけのキスを落とした。瞬きするくらいの利那、わずかに互いの唇が触れ合っただけなのに、体中に電流のような刺激が走る。

「きょう……すけ……」

「……俺、おまえのこと……すっげー好きだから……」

甘い言葉に目眩がする。

人を好きになるって、こんなに幸せで、こんなに苦しいものなのか……。

背後から靴音が聞こえてきて、俺たちは絡めた指を外し、ゆっくりと歩き出す。

人前で堂々と手を繋ぐことさえできない恋。それでも、俺はこんなにも恭介が好きだ。

恭介だけが欲しい。

他の誰も代わりになんてなれない。


恭介のマンションにたどり着き、エントランス・ホールからエレベーターへ向かう。先にエレベーター待ちをしていた親子に挨拶してから、俺たちはエレベーターへ乗り込んだ。

俺と恭介が後ろ側に立ち、小学生くらいの女の子と母親らしい二人が前で仲良くしゃべり出す。

突然、恭介に手を掴まれて、心臓が跳びはねる。再び指を絡め取られて、一気に体の熱が上がる。前方の二人が交わす言葉を聞き流しながら、もし彼女たちが後ろを振り返ったらと考えて、息が苦しくなる。男同士でこんなふうに指を絡め合って恋人繋ぎしてるなんて、絶対に変だ。異常だと思われる。

なのに、手を離せない。

ずっと、このまま、恭介と手を繋いでいたい。

五階でドアが開き、振り返ることなく二人が降りていく。

ドアが閉まり、エレベーターが動き出した途端、恭介が俺に覆いかぶさるようにして唇を奪う。スーパーの袋が音を立てて落ちる。恭介に腰と首を強く引き寄せられ、わずかな隙もないほど互いの体が密着する。狭い密室の中に、卑猥な水音と荒い息づかいが満ちる。

エレベーターが七階で止まりドアが開いても、俺たちは貪るようなキスをやめることができない。

再びドアが閉まり始めた瞬間、恭介がようやく俺から離れて『開』ボタンを押し、俺たちは床に転がった荷物を取り上げて、部屋へと向かう。

湧き上がる飢餓感と欲望の激しさに、呼吸困難になりそうだ。場所も周囲の状況も、何もかもどうでもよくなってしまうほど、恭介が欲しい。今すぐ、俺の全てを恭介に貪り尽くされたい。

恭介の部屋に入ると、俺たちは玄関で淫靡すぎる口づけを交わした。互いの唇に吸い付き、舌を絡め、こぼれる唾液をすすり合い、相手の口蓋を舐め尽くす。繰り返し繰り返し角度を変えながら、互いの唇を貪り合う。

「んっ……ふっ……んんっ……」

鼻を鳴らすような甘い声が自分のものだとわかると、恥ずかしくて耳を覆いたくなる。

なのに。

「……澪……澪……澪……」

俺が喘ぐたびに恭介が、たまらないと言うように俺の名前を囁く。そのたびに、全身に甘い痺れが走る。口づけを交わしながらも、互いの手が相手の体を求めて這い回る。恭介の手が俺の胸元を愛撫すると、その快感に耐えきれず、頭が後ろにのけぞる。

「……あっ！　……恭介っ！」

無防備にそらされた俺の喉元に恭介が食らいついてくる。軽く歯を当て、吸われ、舐められ、背筋をゾクゾクするものが駆け上がる。肉食獣に襲われる時、屠られる獣の脳内には過度な麻薬物質が流れ出すという。俺は、まるで恭介に襲われる獲物のように、うっとりとした酩酊感にみまわれた。

身に着けている服が邪魔で荒々しい動作で衣服を脱ぎ去り、一糸まとわぬ姿で互いの肉体を絡め合う。腰を擦り付け局部が密着すると、激しい快感で先走りの液が溢れ出す。

「はぁっ！　……きょう……すけっ！　……も、だめ……イキそう！」

「俺も……もたない……一緒に……！」

恭介が二人のペニスをこすり上げ、一気に頂上まで駆け上る。

「あぁぁぁっっ……」

俺の嬌声まで奪い尽くすように、恭介が深く口づけてくる。

上からも下からも甘く爛れきった快楽の波に呑み込まれて、俺たちの肉棒は激しい勢いで白濁をぶちまける。射精した後も、しばらく体の震えが止まらない。

恭介に抱えられるようにして、リビングのソファに横たわると、脱力した俺の下肢に覆いかぶさった恭介が、ゆっくりと俺のモノを舐め始める。

「だめだ……って……イッたばっかだから……あっん！」

尿道に残ったモノまで吸い尽くすように丹念に愛撫されて、感じすぎてる俺の体が再び兆し出す。

「ちょっ……待てって……激しすぎる……んっ！」

「一日中、おまえが欲しくて欲しくてたまらなかったんだ。……このくらいで落ち着くわけないだろ」

愛しくてたまらないと言うように、俺の一物を舐めしゃぶる恭介の姿に、ゾクゾクとした背徳感が駆け抜ける。

男同士で淫らに体を貪り合うなんて、本当なら激しい嫌悪しか感じないはずなのに、初めてのキスの時からずっと、俺は恭介にされる全てがたまらなく気持ちよくて、信じられないくらいに感じてしまっていた。

他の男とこんなこと、絶対にできやしない。考えるだけで気持ち悪くて悪寒がする。

なのに、恭介の愛撫には細胞の一つ一つまでが快感に蕩けていくのがわかる。

「あっ！　……んっ……きょう……すけ……恭介っ……！」

二度目の絶頂の波が押し寄せる。温かく柔らかな口腔の中で俺のモノが張り詰め、恭介の喉を激しく犯す。

「きょう……すけっ！　……好きだっ！……好きっ!!」

叫びながら、俺は恭介の口内に精液を吐き出し、それを恭介が飲み干す。

俺のペニスから口を離した恭介が、ソファの傍《かたわ》らに立ち上がる。目の前に大きすぎる恭介のモノがそそり立っている。

「……澪……」

俺は、精液と先走りでドロドロになって脈打っている欲望に、そっと指を這わした。そして、優しく先端を一舐めした後、思い切り口にほおばる。

「あっっ！　……澪っ……！」

すでに大きすぎるほどに育っていたモノは、俺の口内でさらに質量を増す。

「んんんっっ……」

あまりの大きさに思わず涙目になる俺の顎をつかむと、恭介が優しく上を向かせる。

「澪がエロ顔して、俺のを咥えてる……」

視線が絡んだ瞬間、これ以上ないくらいに恭介のモノが膨らんで、俺はえづきそうになるのを必死に堪《こら》える。顎が外れそうだ。

「澪、エロすぎ……。もう無理！　我慢できるかよっ！」

乱暴な口調で毒づきながら、恭介が俺の口内で抜き差しを始める。上手く息ができずに苦しいし、限界まで口を開いて顎が壊れそうなのに、苦しさに反して体の熱は高まっていく。

片手で恭介のペニスの根本をしごきながら、片方の手は自分の一物へと伸びる。激しく喉の奥を突かれながら、恭介と一緒に快感の階段を駆け上る。

肉体も心も、際限のない水底まで溺れていく。どこまでも互いに捉われて、俺たちは堕ちていてく。

その先に何があるのかなんて、俺はまだ知りたくない。

ただ、恭介が欲しい。

ずっと、ずっと、恭介と一緒にこうして愛し合っていたいんだ……。

Lesson 09.　乱れる。

バスタブに湯を張りながら、同時にシャワーを全開にすると、熱い飛沫《しぶき》が敏感な肌に当たってゾクリとする。熱気と湿度がバスルームに満ちた後、恭介がシャワーを止めた。

「体、洗ってやるよ」

ボディシャンプーをスポンジで泡立たせながら、恭介が言う。

「じ、自分でやるよ……！」

一緒に風呂に入ること自体が照れくさいのに、体を洗ってもらうとか恥ずかしすぎる。

「却下」

有無を言わさず、恭介が俺の体を洗い始める。

「……はっ……」

優しく撫でるように全身を泡立たせられて、思わず熱い吐息が漏れる。

「ん？　気持ちいい？」

「……うん」

「じゃあ、もっと気持ちいいことしような」

「え⁉」

　スポンジを投げ出すと、いきなり両手で俺の全身をまさぐり始める。ボディシャンプーのぬめりと泡の滑らかさに包まれた体をいやらしく撫でられて、鳥肌が立つような快感が走る。全身をゆっくりと撫でさすった後、恭介の両手が胸元に伸びる。

「ひゃぁっ！」

　泡に包むようにして、俺の乳首をいじり始める。

「もうこんなに勃ち上がってる」

　恭介が興奮したように呟く。

「すっげー美味そう……あぁ、舐めまくりてぇ」

「あんっ！　……あぁっ……！」

　両胸の突起をいじくり回されて、気持ち良すぎて甘い声が抑えられない。バスタブの縁《ふち》に腰掛けた恭介が、俺に向かって両手を広げる。

「ほら、おいで」

　言われるがまま、ふらふらと恭介の腕の中に入ると、

「そのまま、ゆっくり体を動かして」

「ひゃぁぁっっ‼」

　体を密着させたまま動かすと、互いの体がぬるぬるとぬめり合う感覚が良すぎて、悲鳴の

ような声を上げてしまう。立ち上がった乳首が恭介の肌の上で硬く転がる刺激もたまらない。

「澪の乳首、勃起しまくってて、すっげーやらしい……」

舌なめずりしそうな口調で恭介が囁く。

「あぁんっ！」

恭介の卑猥な言葉にも煽られる。ヌチャヌチャと音を立てながら、恭介の体の上で妖しく体をくねらせる。

「澪、マジ、エロすぎ……」

俺を抱きしめたまま立ち上がった恭介が、腰を強く押し付けてくる。すでに硬く立ち上がったお互いのモノがソープのぬめりでこすれ合い、ビリビリとした射精感が込み上げてくる。ペニスを密着させながら、無意識に腰が激しく揺れる。

「あぁ、もうたまんねぇ！」

俺の体を反転させると、壁に手を突くように促される。

「脚、広げて」

頭の中はドロドロに蕩けていて、恭介の言いなりに体が動いてしまう。

恭介が俺の背に覆いかぶさるように体を合わせ、ゆっくりと腰を動かし始める。

「あっっ！」

恭介の硬い肉棒が俺の股の間を出入りして、ペニスの裏と袋が熱い竿で擦り上げられる刺激に全身が戦慄《わなな》く。

「はぁぁんっっ……！」

　両手が俺の胸を這い回り、ぷっくりと膨れ上がった蕾をいじり出す。

「ふぁぁっ……はっ……はっん！」

　バスルームに響く自分のいやらしい声にまで煽られる。

「すっげー、気持ちいい」

　はぁはぁと興奮したような息を漏らしながら、恭介が甘く囁く。

「脚、閉じてみて」

　与えられる快楽に身を捩《よじ》りながらも、命じられるままに今度は脚をぴったりと閉じる。

「……澪の太もも、めちゃくちゃ柔らけぇ……気持ち良すぎっ！」

　耳元に荒い息を吹きかけながら、恭介の腰の動きが速くなる。

（俺、恭介に犯されてるみたいだ……）

　太ももの間から恭介の太く膨らんだモノが激しく出入りしている。信じられないくらい卑猥な眺めに、激しい射精感がせり上がる。バスルーム中に満ちる湿度と欲望の熱気でのぼせたようになりながら、ゾクゾクする被虐感に目眩がする。

（あぁ、恭介に犯されたい。俺の全部を、恭介に貪り尽くされたい……）

　強く首筋に吸い付かれた瞬間、俺のペニスからドロリとした白濁がこぼれ落ち、恭介の精液が俺の体を汚した。

恭介に支えられながらお湯の張ったバスタブに身を沈める。ぐったりと恭介に体を預けると、後ろから優しく抱きしめられる。

「すっげー幸せ」

耳元で囁かれて、胸の中にくすぐったいような不思議な気持ちが湧き上がる。ちゅっちゅっと音を立てながら、俺の頬やうなじにキスの雨を降らせる。

「ずっと、こうしてたい」

「……うん……」

小さな声で返事をすると、抱きしめる恭介の腕に力が入る。俺の体を少し横にずらすように動かしてから、おもむろに俺の唇を優しくついばむ。

「絶対、離さないからな」

そう囁いてから、深く口づけてくる。舌を絡め合うと、うっとりするような酩酊感が体全体に広がる。

「嫌だって言われても、もう止まんないから」

名残惜しそうに唇を離した後、恭介が俺を熱い眼差しで見つめながら呟く。

「いいよ」

　恭介の少し驚いたような表情にまで胸がときめく。

「俺を恭介だけのものにして。……ずっと、離さないで」

「──っ！」

　恭介が低く唸るような声を上げて、眉を寄せる。

　それと同時に、背中に当たる熱くて硬い感触に、背筋がゾクリとする。

「きょう……すけ……？」

「……おまえ、可愛すぎ……」

「は？」

「このままだとのぼせそうだからと思って、必死で我慢してんのに……」

　激しく口づけられて、一瞬、息が止まる。

「また収まりつかなくなっちまったから、煽った責任取ってもらうぞ」

　恭介が俺の手を大きく膨らんだ一物に引き寄せる。

「キスしながら、しごいて」

「……」

　恭介に命令されると、ノーと言えなくなってる自分に気づく。従順な下僕のように、俺は望まれるままに恭介のペニスに手を這わせ、優しくしごき始める。

そして、自分から唇を触れ合わせて、舌を口内に滑り込ませる。クチュリと淫靡な水音が耳に飛び込む。

こんないやらしい奉仕をしている自分が信じられない。心と体が、すごい勢いで恭介に変えられていくことに不安を覚える。でも、恭介の色に染め上げられていくことに、震えるような喜びも感じている。

俺は、恭介に溺れている。

恋情と肉欲とにがんじがらめに取り込まれてしまって、もう逃げられない……。

夢中になって恭介と舌を絡め合い、熱く硬い肉棒を擦りあげる。勃ち上がり始めた俺自身に恭介の長い指がまとわりつくのを感じて、気が遠くなるような快楽に、俺は再び身を任せた。


軽い湯あたりと繰り返しの射精で脱力した俺は、風呂から上がった後、ベッドに横たわって休んでいた。

「食事、できたぞ」

寝室の入り口から、恭介が声をかけてくる。

「うん」

体中を襲う気だるさを振り切って、なんとか体を起こす俺を、恭介が黙って見つめている。

「何？」

「いや、彼シャツ、最高だな、と思って」

「だ、だれが、彼シャツだよっ！」

顔に熱が集まるのがわかる。着替え用に持ってきたスウェットを着るつもりだったのに、無理やり恭介のシャツを着せられたのだ。

「ちょっと大きめで、ぶかぶかな感じが、すっげー萌える」

「何言ってんだよ！　男に自分のシャツ着せて楽しいのかよっ！」

「めちゃめちゃ楽しいけど？」

返す言葉もない。

こいつが変態なのはわかってたよ。

「……とにかく、スウェットの下だけでも履かせてくれよ……」

「だめ」

白シャツの下にはブリーフ一枚履いただけの姿だ。

「そのシャツ、イタリアのブランドものでサイズ大きめで丈も長いから、大丈夫」

何が大丈夫なんだよ。意味がわかんねえぞ。

「さ、食事にしよう」

俺の懇願もむなしく、恭介はさっさと背を向けて行ってしまう。一瞬、恭介を無視してスウェットを着てしまうかと思ったが、慌ててその案を打ち消す。そんなことしたら、きっとまたお仕置きだとか言い出すに決まってる。あいつのドSな本性が目覚めたらマズい。触らぬ神に祟《たた》りなしだ。

下半身がスースーするのが落ち着かないが、俺はしかたなくそのまま歩き出した。

「うわ！　美味そうー！」

テーブルの上にはメインディッシュの生姜焼きとシーフードサラダ、味噌汁が並んでいる。

「やっぱ肉だよなぁー！」

歓喜の声を上げる俺に、恭介が「精力つけないとな」とさらりと返してくる。

（おまえはそれ以上、精力つけなくていいから……）

内心の思いはもちろん言葉には出さない。そんなことを言ったら、喜び勇んだ恭介のパワーがさらに爆発しそうな気がする。

前回この部屋に泊まった時、俺はこいつの絶倫ぶりを嫌というほど思い知らされたのだ。

「今日は寝かさないからな」

ニヤリと笑う恭介に、背筋を冷たいものが這う。

「……いや、寝かせて下さい。お願いします」

「却下」

「……」

またかよ……。こいつの暴君ぶりに逆らえない自分が悲しい。

いつものとおり、恭介の作った料理はどれもおいしくて、俺は大満足で食器を流しに運ぶ。

「おまえの料理って、ホント美味いよ」

「毎日作ってやろうか?」

意味深な言葉に、ちらっと恭介を見やると、にやにや笑いながら俺を見てる。

「マジで一緒に住む気なのか?」

「マジに決まってんだろ。嫌なのか?」

「嫌じゃないけど……」

もっと恭介に溺れてしまいそうで怖い。

「できれば、籍入れたいくらいだよ」

は? セキイレタイ?

「……はぁ!?」

素っ頓狂な声を上げてしまった俺に、恭介が笑い出す。

「澪のリアクション、面白すぎ」

「だって、籍って、おまえっ……!」

「絶対離さないって言ったろ？　覚悟決めろよ？」

「いや、覚悟って……でも、恭介……俺っ……」

ワタワタする俺を尻目に、恭介が台所までやってくる。

「少しでも長く、おまえと一緒にいたいんだ」

そう言って、後ろから抱きしめられる。

「だめ？」

なんで急に甘えるような声出すかな。この天然タラシ野郎め。

「……だめじゃない」

背後で恭介がフッと嬉しそうに笑ったのが聞こえた。抱きしめてくる腕の力が強まる。

「おまえは俺のものだ。一生、誰にも渡さない」

耳元で低く囁かれて、足元が崩れそうになる。

「……恭介だって、俺のものだからな。もう女子から告白されても、つき合ったりするなよ」

ふわっと体が宙に浮く感じがして、俺は慌てて恭介にしがみつく。気づくと、恭介にお姫様抱っこされてしまっている。

「ちょっ……！　何やってんだよっ！」

恥ずかしすぎる体勢に下りようともがくと、恭介の瞳が野獣のように鋭くなる。

「んー？　抵抗すんの？」

恭介の嬉しそうに間延びした声音に、思わず体が硬直する。

「抵抗してもいいけど、その分、ベッドの上で泣かせるよ？」

完全に動きが止まった俺を抱き上げたまま、恭介は軽い足取りで寝室へ向かう。――俺、かなり重いと思うんだけど、なんでそんなに力あんの……!?

あまりの体力差に、反抗する気は完全に失せてしまった。それに、さっきの俺の抵抗が、恭介のドSモードを発動させてしまったような嫌な予感がする。

あっという間に寝室にたどり着き、ベッドの上に優しく下ろされる。

「――恭介」

「ん？　何？」

鼻歌でも歌い出しそうな様子が怖い。

「少しは寝かせてほしいんだけど……」

「澪がイキすぎて失神したら、その後はちゃんと寝かせてやるよ？」

その鬼畜なセリフを、目を輝かせて言うか!?

「それとも、失神寸前で寸止めして、どこまでイキ続けられるか試してみるか？」

「いえ、結構ですっ!!」

ぶんぶんと首を左右に振りながら、俺はベッドの上で後ずさる。

「えー？　気持ちいいの大好きだろ？　イキすぎで呂律が回らなくなってる澪とか、最高に可愛いんだけど」

俺の全身を舐め回すような恭介の眼差しに、頭の芯が蕩け始める。

「下だけ脱いで」

欲望に濡れた視線に視姦されながら、俺はゆっくりと下着を脱いで無防備な下肢を晒す。

「シャツ着たまま、後ろから犯してやるよ」

過激な言葉に心臓が跳びはねる。

「いっぱい啼かせてやるからな……」

ひどい言葉を囁かれているのに、それにさえ煽られて、俺の体内にも情欲の渦が蠢き始めた。

Lesson 10.　交わる。

恭介の長い指がゆっくりと俺の脚を撫で上げる。

襲いかかる野獣のようにベッドの端に身をかがめながら、俺の目を見上げたまま、足先からふくらはぎ、そして太ももへ両手を伸ばしてくる。壁際まで後ずさっていた俺は、恭介の情欲に濡れた瞳から視線を外せないまま、視野の端で、しなやかな指が自分の脚の付け根を撫で回すのを捉えていた。

恭介が身をかがめ、俺の両膝を大きく押し広げて内股に口づけを落とし始める。

「ふっ……あぁんっ……」

きつく吸い上げられて、痛みにさえ甘い声が漏れる。柔らかな皮膚に、恭介の口づけの跡が赤い花びらのように散っていく。

「おまえが俺のものだってわかるように、体中にキスマークつけとくからな」

無防備な下半身が恭介の前にさらけ出され、好きなように貪られる。太ももの内側に舌を這わせながら、恭介の手が俺のペニスをしごき出す。

「あっっっん!」

快感に背がしなる。

「もうこんなにぐちゃぐちゃなんだ」

先走りでドロドロのモノを上下に動かしながら、そう嬉しそうに呟かれて、羞恥で顔が熱くなってしまう。いったん身を起こして服を脱いだ恭介が、再びベッドを軋ませて俺の上へのしかかる。

「俺のも、もうこんなになってるぜ」

熱く硬い肉棒を押し付けられると、無意識に腰が揺れる。

「はっんっっ！」

互いの濡れたペニスが擦れ合う刺激に、ゾクゾクする。

「これから、澪のこと犯すからな」

俺を喰らい尽くそうとするように、恭介の瞳がギラついている。

「おまえのアナルに俺のペニスをぶち込んで、泣いてよがらせる」

「……きょう……すけ……」

恭介の眼差しと言葉に縛られたように、体が動かない。男に犯されるなんて死んでも嫌なはずなのに、興奮しすぎて息が苦しい。

「ずっと、おまえを犯したかった……。こないだだって自分を抑えるのに必死だった。……でも、もう抑えられないから。これから、おまえの体内《なか》をぐちゃぐちゃにかき回して、俺の精液でいっぱいにする」

（こいつ、どこまでドSなんだよ……）

肉体だけでなく、俺の心までも言葉という枷《かせ》で縛り付け蹂躙しようとしている。それがわかっているのに、こいつの鬼畜なセリフを聞くごとに、俺の脳は淫らに蕩けていく。

恭介にならもっとひどいことを言われてもいい。どんなひどいことをされてもいい。

「俺のナカを恭介のモノで、めちゃめちゃに犯して……」

次の瞬間、激しく体を反転させられ、ベッドの上に四つん這いの姿勢になる。腰を高く上げさせられ、シャツの裾が大きく巻き上げられる。ぴちゃりという卑猥な音とともに、アナルに濡れた感覚が走った。

「ひゃっ！」

思わず体をずり上げようとするが、腰を強くホールドされて動けない。ぴちゃぴちゃと音を立てながら、恭介の舌が俺の穴を舐め回し、中まで侵入してくる。

「澪のココ、可愛いよ。俺に舐められてヒクヒクしてる」

そう言いながら、ローションらしきものを尻の間に垂らされる。冷たさに身を捩る俺の前にも手を回し、ペニスにもぬるぬるした液体を塗り込められる。

「んんっっっ！……そんなにされたら、イッちゃうよ……」

喘ぐ俺に、恭介が耳たぶを舐め上げながら囁く。

「イッていいよ。何度でもイカせてやるよ」

　今夜だけでもう四回もイッてるのに、きつすぎる。

「やだ……んっ……イキすぎるの……つらい」

「だめだ。今日はおまえをイキっぱなしにさせるから。で、その後は、気絶するまで空イキするんだ」

「そんなのっ……」

「こないだドライでイッてる時の澪、すっげー可愛かったし」

「やっ……やっ……んんんっ！」

　背後から激しくしごかれて、あっという間に五度目の射精に導かれる。

「あっ……イク……イクっ……んん！」

　体全体が射精の快感で引き攣っている俺の耳元を、容赦なく舌で舐め回したり甘噛みされたりして、イッたばかりの体がすぐに熱を持ち始める。

「この後は、俺に突っ込まれたままイキ続けるんだぞ？」

　はぁはぁと荒い息をつく俺に、後ろを振り向かせるようにして軽いキスを落とす。

「澪？　返事は？」

　怖いくらいに甘く優しい声。

「……ん、わかった……」

「いい子だ」

うっとりするほど洗練されたイケメンなのに、今の恭介からは雄の欲望が立ち昇っている。そのむせかえるような男の匂いにクラクラする。俺が放った白濁を指ですくい上げると、唾液で慣らしたアナルに精液で揺れた指が差し込まれる。

「うっ……ん」

本来は排泄器官である部分が、外部からの異物侵入に対して明確な拒絶反応を示す。

「食いちぎられそうだな」

背後でぼそりと呟かれる低い声に、鳥肌が立つ。

いったん指が外へ出されたと思った瞬間、本数が増えて再び奥へと侵入してくる。ローションや唾液で濡れそぼったそこは、強くすぼまりながらも突き刺されたものをしっかりと咥え込む。

「こんなに熱くてきついのに、すっげー美味そうに俺の指を呑み込んでる」

ぐちゅぐちゅといやらしい音を立てながら、恭介の指が俺の中をゆっくりとかき回す。

違和感が半端ないし、若干の痛みも感じるが、恭介の長い指が俺の中に入っていると思うだけで、弄ばれている部分に快楽の熱が灯り始める。二本の指が、体内《なか》を押し広げるようにしながら入り口から奥にかけてなぶるようにかき回される。

恭介の指が俺の中の何かを掠めた時、下半身に電気のようなショックが走った。

「あっっ!!」

「見つけた」

　舌なめずりするような恭介の声に、広げた脚が震える。

「何、今の……!?」

「ココだろ?」

「あっんんっ!」

　同じ場所を強く押されて、俺の体が大きくしなる。ビリビリとした甘い刺激にペニスが勃ち上がり始める。

「ココがいいんだよな、澪?」

「あっ!　……んっ!　……あぁっ!」

「澪、ほら、ちゃんと返事して」

　恭介が俺の中の膨らんだ部分を押すたびに、強い刺激が全身を走る。

「ひゃあぁっ……!!」

「返事しないと、触ってあげないよ?」

　恭介の指が動きを止め、俺は荒い呼吸を繰り返す。あまりの気持ちよさに呻きが止まらない。

「んっ……はぁ……そこ、きもちイイ……」

「じゃあ、俺のペニスで、澪の気持ちいいとこをいっぱい擦ってやろうな」

崩れかけていた腰を高く持ち上げさせられ、熱いモノがアナルに押し付けられる。ぐちゅぐちゅと卑猥な音を立てて穴の周囲を擦り上げた後、ゆっくりと恭介のペニスが俺の中に押し込まれていく。

「ああっっ……！」

俺の中の奥深くまでが、恭介に犯されていくのを体全体で感じる。

「澪の中……めちゃくちゃ……気持ちいい。絞り取られそう……」

はぁっと色っぽい溜め息を漏らしながら、恭介が囁く。

「まだ半分しか入ってないけど、すぐイッちまいそうだ……」

半分しか入っていないと言われて愕然とする。すでに入りきれないくらい恭介のモノが深く侵入していて、内臓まで圧迫されているように苦しいのに。俺の臀部を掴むようにしながら、恭介がゆっくりと腰をグラインドさせ始める。

「あぁっ！　……んんっ……はぁっ！」

熱くて硬い肉棒が俺の中を蹂躙しながら、目眩がするほどの快楽を与えてくる。

「あぁっっ！　……そこ、だめ！　……だめっ……ん！」

恭介の腰が前後左右に淫らに動き、そのたびにたまらない刺激が背筋を駆け抜ける。

「このコリコリした所、擦られるとたまんないだろ？」

「あっっんんっ！　……たまんない……たまんないよぉっ……！」

高い悲鳴のような声を上げる俺の背に、恭介がねっとりと舌を這わせてくる。

「可愛い……澪。すっげー可愛いよ……もっと乱れて。いっぱい気持ちよくしてやるからな」

恭介の声も舌の動きも、差し込まれるペニスの律動も、全てがいやらしすぎる。いやらしすぎて、理性が完全に吹き飛ぶくらい興奮させられる。

「あぁ……いい！　……いいっ！　……もっと、して……もっと擦って……」

恭介の腰の動きが激しくなり、俺のペニスもだらだらとよだれをこぼし始める。

「あっ、イクっ！　……イク！　……んんんっ!!」

「俺もイク……澪の中で出すからな……」

「いいよ、きて……恭介っ！　……俺の中でイッて！」

絶頂の瞬間、俺の内部が激しくうねり、恭介のモノを締め上げるのがわかった。恭介が唸るような声を上げながら、大きく膨張したモノをはじけさせ、俺の中に熱い液体が飛び散る。その感覚にさえ煽られて、俺は次の波に乗り始める。

「イッてる……のにっ！　……またイクっ……んん！」

今まで感じたことがないような快感が全身を浸す。

「出る……まだ、出る……！」

凶悪なセリフを吐きながら、恭介が射精を繰り返し、俺の中をかき回し続ける。全身の力が抜けてベッドに崩れ落ちる俺を、恭介が背中から抱きしめてくる。

「愛してる……愛してるよ、澪……」

体を軽くねじるようにして、俺は恭介の唇に深く口づける。

「俺も、愛してる……」

こんなに深く激しい欲望と執着を知ってしまった俺たちは、元の二人には戻れない。

もうお互いなしでは、生きていけない。

Lesson 11.　蕩ける。

今まで味わったことがないような快感に身をゆだねながら、荒い息をつく俺の体内《なか》で、恭介のモノが再び質量を増し始める。繋がった部分から断続的な愉悦が押し寄せてくる。

「はぁっ……やだ……恭介、そんなっ！」

恭介の回復が早すぎる。

崩れ落ちそうになる俺の下半身が抱き起こされ、恭介の腰にぴったりと密着させられる。

「もう一回、後ろでな」

「そんなすぐに……無理だよ……だめだって」

拒絶の答えを返しながらも、疼くような快感に襲われて身を捩る。

「はぁっっ……んっ！」

「だって、ほら。おまえのも、もうこんな」

頭をもたげ始めている俺のペニスに、恭介が指を絡める。

「ぐちょぐちょで、すげーやらしいな」

「あぁ……」

軽くしごかれて、腰が跳ねる。

「ほら、たまんないだろ?」

「あぁぁぁっ!」

恭介がゆっくりと腰を動かし始める。

「あぁ、すげぇ。俺の精液で滑りが良くなって、澪の中、信じらんないくらい気持ちいい……」

恭介のうっとりとした声に、背筋がゾクゾクする。恭介が俺で気持ちよくなってる。俺の中で。

「あっ、あっ、あっ、あっ」

初めに感じていた違和感や痛みが薄れ、目もくらむような快楽だけが体中を犯してゆく。

「今度は、ちゃんと根元まで咥え込んでもらうからな」

そう言いながら、恭介の凶悪な楔が俺の中深くへと差し込まれていく。

「あっっ! ……そんな……奥まで……んっ! やだ、怖い……」

体の深奥へと侵入されて、内臓まで刺し貫かれそうな恐怖に襲われる。

「やだっ……もういっぱいっ……! 入んない……」

俺の言葉を無視して、恭介のモノはゆっくりと腸壁を擦り上げながら入り込み、俺の一番奥にコツンと突き当たる。

「あっあっ……! あぁぁぁぁぁぁっ!」

電流を流されたかのような強すぎる快感が体中を巡り、全身に痙攣が走る。

喉からは自分のものとは思えないような嬌声がほとばしる。

「すげぇ……澪の中、うねってる……なんだよ、これ」

気持ちよすぎる。

気持ちよすぎて、刺激が強すぎて、耐えられない。

「もう無理……きついから……」

俺は、枕に顔を押しつけながら、強すぎる快感に首を振る。

「でも、澪のココはめちゃめちゃ締めつけてくるぜ。俺のを放したくないって、すっげぇ美味そうに咥え込んでる」

自分でも、腸壁がひっきりなしに蠢き、恭介のモノを締めつけているのがわかる。

「澪の中、すごすぎ。……信じらんないくらい、気持ちいい……」

恭介の抜き差しが、だんだんと早く激しくなってくる。結合部からヌチャヌチャという卑猥すぎる音が立ち始め、その水音にまで煽られる。

「あっっ！　……だめだ！　……そんなのっ……あぁぁぁ」

ローションと精液が体内でかき回されるその音に、臀部《でんぶ》に腰が叩きつけられるパンッパンッという音が混ざり始める。

「あっんっっあぁっあぁぁぁぁぁ‼」

射精感はすさまじいのに、何度もイキすぎて、精液はわずかにトロトロと亀頭から溢れ出すだけだ。でも、肉体を犯す絶頂感はイクごとに深くなっていく。

「あぁぁぁ……！　イッてるのに……そんなに……突くなよぉっ」

自分の声に嗚咽が交じるのがわかる。

「もう……死んじゃう……死んじゃうよっ」

「はっっ……澪、すっげ可愛いっ……またイクからな。澪の中でいっぱい出すぞ」

恭介の腰の動きが一層激しくなり、俺の中を突きまくる。

「あぁぁぁぁっ……やだぁ……んっっっ！　……死ぬっ……やぁぁぁぁぁっ！」

最奥を何度も何度も突かれて、意識が飛びそうになる。俺のペニスからは、ドロドロと液がこぼれ続けている。

「っ！　出すぞ、澪……」

体の内を食い破りそうに大きくなった恭介の肉棒に、再び最奥を突かれた瞬間、ほとばしる液体の熱さを感じて、さらに激しい絶頂感に襲われる。

「あぁぁぁぁぁぁっ!!」

全身から力が抜け、俺は必死に呼吸を整える。全力疾走したかのように息が苦しい。けれど、下半身は恭介に固定され、獣のように淫らに交わったままだ。

「マジ気持ちよすぎ……もう一回、このままな」

恭介がゆるゆると腰をグラインドさせ始める。確かに俺の中に射精したはずなのに、再び硬ぃモノが俺の中で暴れ出す。

「なんで⁉︎　……恭介、また大きくなって……あぁっ！」

俺の中をかき回すように、恭介の腰が大きくぅねる。

「やっっ！　……それ、ヤバイっ！」

「気持ちいいだろ？　こうやってかき回されると、たまんないだろ？」

二度放たれた精液で、俺の中からさっきよりもっと淫靡な水音が立ち始める。

「澪の中、すっげぇやらしい音がするな。俺のザーメンが溢れてきて入り口で白く泡立ってるぞ」

「やだ、そんなこと……言うなよっ……」

恭介が俺に覆いかぶさるように体を倒し、耳元に唇を寄せて嬉しそうに囁く。

「澪がエロすぎて、俺のペニス壊れちまったよ。思いっきり出してんのに、すぐビンビンになる。これなら朝までおまえを抱きつぶせるな」

「そんなの……やだっ……あっ！」

俺の主張には耳も貸さず、三度目の後ろからの交尾《セックス》が加速し始める。粘度の高い液体がかき混ぜられる音、肉体がぶつかり合う音、俺たちの喘ぎ声が部屋中を満たす。

「はぁ、サイコー」

恭介が甘い溜め息をつきながら、ゆるゆると出し入れを繰り返す。

「やだ……やだ……っ」

感じすぎて泣き声になってしまう。

「ヤダじゃないだろ？　澪？」

前立腺の辺りを浅く擦り上げられる。

「あぁぁんっっ！」

俺のペニスもタラタラと涙を流し続けている。ずっとイッているような感覚が続いていて、頭がおかしくなりそうだ。

「激しくした方がいい？」

嬉しそうに、恭介が奥まで突き上げてくる。

ガツガツと恭介に俺の中を突き上げられて、何度目かの絶頂に飛ぶ。

「んんっっっ！　はぁんっっ！」

「やっぱ、澪のイキ顔が見たいな」

下腹部を繋げたまま、体をひっくりかえされ、唇に優しいキスを落とされる。

「トロトロに蕩けた顔してる……すっげーエロい」

そう言いながら、俺の目元や口の周りをペロペロと舐める。

「涙とよだれでグシャグシャじゃん。こんなに感じるやらしい体になっちゃって、澪、どうすんの？」

からかうような口調に、言い返す気力もない。

「おまえのせいだろ……」

「あぁ、そうだな。澪は俺のものだから」

両脚を大きく広げられ、再び深い突き上げが始まる。

「そろそろ精液からっぽになってきたろ？　空イキさせてやるからな」

「やだぁ……つらいから……やだ……んんっ！」

「やだ、じゃないだろ？　もっと、って言ってごらん」

太いカリが前立腺を繰り返しコリコリと擦り上げる。

「あっあっあぁぁぁんっ！」

体中に快感が走り、軽い痙攣が起きる。

「もう……苦し……っ！」

「気持ちいいって、ちゃんと言って、澪」

頭の中に靄がかかる。荒々しいほどの激しさで体を貪られているのに、それとは真逆に甘く優しく囁かれるその声が、俺の理性を奪い去っていく。

「あっ！　……あぁっ！　……気持ち、いいっ……もっと……」

「よく聞こえないよ？　大きな声で言って」

「あっ、んっ！　……気持ち、いいっ！　……それ、好き。そこ擦られんの……気持ちいいっ！」

恭介にしがみつきながら、俺は叫ぶ。

「あぁぁぁっ……イッちゃうよっ……もう、出ないのに……イクっっっ！」

恭介の肉棒がこれ以上ないくらいに膨らみ、体内にドクドクと熱いものが吐き出され、俺もすでに何も出ないペニスを震わせながら、意識を飛ばした。

Lesson 12. 溢れる。

体中が鉛のように重いのに、意識だけがゆっくりと現実に引き戻されていく。

肉体の一部から甘く疼くような刺激が繰り返し湧き上がる。

「……んっ……」

ゾワリとした皮膚感覚が全身を襲い、思わず呻き声が漏れる。

疲れ果てて目を覚ましたくない。なのに、体の奥から欲望の熱が生まれ始めている。

「はっ……ん……」

吐息をこぼしながら、ゆっくりと重い瞼を開くと、俺を見下ろす恭介の艶っぽい瞳にぶつかる。

「目、覚めた?」

俺の両脚を高く抱え上げたまま、恭介の腰がゆっくりと俺を突き上げてくる。

「おまえっ……何やってんだよ……あっ……ん」

「澪を気持ちよくしてるとこだけど?」

そっと揺すり上げるように、恭介の熱いモノが俺の中を擦る。

「ちょっ……止めろって……」

「止めるわけねーだろ」

「気を失ってるやつを襲うとか……ホント、おまえ、信じらんねぇ……」

　そう言いながらも、俺の体も急激に熱を持ち始める。

「今度は思いっきり優しくするから」

　その言葉のとおり、壊れ物を愛撫するかのように、そっと優しい挿入が続く。恭介と繋がっている部分から、間断のない快感が呼び覚まされていく。

「はぁ……んっ！」

　自分のものとは思えない甘く高い声に、羞恥で顔が赤らむのがわかる。

「さっきまで散々乱れまくってたのに、まだ恥ずかしいんだ？　澪のそーゆーところも、めっちゃ可愛い」

　額に汗を浮かべ、淫靡に腰を揺らめかせながら、色気が滴るような微笑を見せる。真上から俺を覗き込むようにしている恭介の顎を伝って、一滴の汗が俺の首元にこぼれ落ちる。それが、俺たちの秘密の行為を象徴しているかのようで、ゾクゾクとしたものが全身を走り抜ける。

　俺たちは今、恥ずかしすぎる体位で互いの肉体を深く繋げ、快楽を共有し合っている。

「キス……したい……」

　俺は恭介の瞳に魅入られたまま、キスをねだる。恭介が求めに応じて俺の上に覆いかぶさり、互いの全身がぴったりと重なり合う。触れ合う部分の全てから抑えられない快感が生まれていくのがわかる。

唇を深く重ね合わせ、舌を絡める。飢え渇いた者のように互いの唾液を吸い合い、ざらつく舌の粘液と柔らかな唇の感触を思う存分、堪能する。

口づけを交わしながらも、恭介の腰は動くのを止めない。繋がっている上と下の両方から、目がくらむような愉悦が湧き上がる。

気絶するまでセックスしたというのに、また自分の肉体が恭介を求め出すのがわかる。恭介から与えられる快楽には底が見えない。

「はぁっ……」

名残惜しげに離れていく唇の間に、幾筋かの唾液が糸を引く。

「……俺、なんか、怖い……」

「何が怖い？」

恭介が優しく俺の頬を撫でる。

「気持ちよすぎて……怖い」

「澪……」

俺の言葉に恭介がめちゃめちゃ嬉しそうな顔をして、その表情に胸がきゅんとする。

「……今までだって、恭介と触れ合うだけで信じらんないくらい気持ちよかったけど……恭介のことが好きなんだって思ったら、なんかもう……ありえないくらい気持ちよくって……」

恥ずかしくて目を合わせられない。でも、愛しさに胸がいっぱいで、どうしても伝えておきたいって思う。

「俺、ゲイじゃないし、こんなふうにされて抵抗がないわけじゃないけど……でも、恭介になら何されてもいいって思う……何されても気持ちよすぎて、自分が自分じゃなくなっていくみたいで、怖いんだ……」

恭介が俺の体を強く抱きしめてくる。

「……俺だって、怖いよ」

自信家で何もかも持ってる恭介の、小さく呟くような告白に耳を疑う。

「昨日も言ったけど、俺、こんなに人を好きになったことがないんだ。……どうしようもないくらい澪が欲しくて欲しくてたまらない。……自分がコントロールできなくて……頭が変になりそうだ」

耳元で囁かれる小さな声が愛しくて、恭介のたくましい背中にしがみつく。

「俺も、恭介が欲しくて、変になりそう……」

ドクンと、体内の楔が大きくなる。

「あっ……んっ！」

恭介にしがみつきながら、甘い嬌声を漏らす。

「恭介の……おっきい……」

ハァと熱い吐息が耳元に注ぎ込まれる。

「優しくしようと思ってんのに、煽んな」

「大丈夫だから……激しくして」

ゴクッと生唾を飲み込んだ音がして、恭介がいきなり体を起こす。

「覚悟しろよ？　朝まで抱きつぶすからな」

その鬼畜な言葉に感じて、俺の中がきゅっと恭介を締めつけるのがわかる。

「すっげぇ嬉しそうに反応すんのな、おまえの体」

「ばか……」

そう言われて体が疼き、思わず腰が揺れてしまう。

「あぁ、ヤバイ……持っていかれそう……たまんねぇ……」

恭介が俺の両脚をさらに高く抱え直し、前に倒すようにする。繋がった部分が恭介の目の前に全て晒し出される。

「やだっ！」

恥ずかしすぎる体勢に抵抗しようとする俺を無視して、すごい勢いでピストン運動が始まる。真上から奥の奥まで挿し抜かれるような激しい刺激に体が跳ねる。

「ひゃあ……っ！　……深いっ……深いよぉっ！」

「奥まで犯されんの、好きだろ？」

「あっ、あっ、あっ！」

「おまえのぬるぬるの穴、すっげぇ気持ちいい……濡れまくってんじゃん」

俺の内からぐちゅぐちゅと淫靡すぎる水音が溢れ出す。

「おまえが……中出しするから……だろ！」

「ちゃんと後でかき出してやるから……でも、その前に、澪のナカにたっぷり俺の精液を塗り込んでやるよ」

腰を激しく動かしながら、嬉しそうに恭介が囁く。

「はっ……あっんっ！　……おまえ、変態すぎ……」

「澪が好きすぎて、完全にイカれ野郎になっちまったよ。……澪が女だったら、絶対、孕ませてやんのに……ほら、またザーメンぶちまけるからな」

「あぁぁっっ！」

ひどい言葉を囁かれながら、前立腺と奥を交互に攻められて、淫らに腰が揺れてしまう。

言葉と体の両方で恭介に蹂躙されてゆく。

ひどくされてもいい。

恭介だけの所有物になりたい。

「ほら、イケよ」

「あぁぁぁぁぁぁっっ!!」

恭介の体液を奥深くまで注ぎ込まれながら、全身がビクビクと絶頂の快感に打ち震える。二度目の空イキで俺の快楽中枢は完全に壊れていく。陸に上がった魚のように体が何度も跳ね、もう出ない精子を吐き出すかのように、ペニスが繰り返し震える。

「あぁぁっ……うぅっ……はぁっ……あぁぁぁんっ！」

まだ繋がったまま、恭介の指が硬くなった俺の肉棒をゆるゆるとしごく。

「澪、気持ちいい？」

「あっ！　……やめろ……そこ、さわんな！　……あぁぁ、んっ」

「なんで？　しごかれて気持ちいいだろ？」

「あぁぁっ……イッてる……からっ！　……おかしく……なるから……あぁぁっ」

通常の射精と違って、空イキしている間は絶頂感がずっと続く。

頭も体も壊れていく。

「あぁぁぁぁっ！　……やらっ……変に……なるぅ」

気持ちよすぎて、つらすぎて、涙が出てくる。恭介は俺のペニスをいじくりながら、再び腰を揺らし始める。

「やらっ……もう……おかしくなるっ！　……きょうすけぇ……」

「ん？　何？」

恭介が俺を抱き起こし、膝の上に乗せるようにする。ぶるぶると快感に全身を震わせながら、自分自身の重さでさらに奥深くまで差し込まれて、気が狂いそうな快感に身を捩る。

「やらっ……やめてぇっ……あぁぁっっ！」

ペニスをしごかれ、下から突き上げる恭介の凶悪な楔で肉壷を貫かれる。

「やだ、止めない。もっともっと可愛がってやるよ」

「やぁぁぁぁっ！　……はぁぁんっ！　……きょうすけっ……きょうすけぇ！」

「ん？　イキっぱなしで、たまんないだろ？」

「あぁぁぁぁっ……イイよぉっ……たまんないよぉっ」

頭のネジが飛びまくり、俺は快感によがりながら泣きじゃくるしかできなくなる。

「俺も、すっげぇ感じて……気持ちよすぎて、たまんない……何度でも出せる……おまえの全部を俺でぐちゃぐちゃにするからな」

「はぁぁぁっ！　……ぐちゃぐちゃにして……恭介で、いっぱいにしてぇ」

体を横倒しにされ、片方の脚を真上まで引き上げられる。

「ほら、これも好きだろ？　違うトコに当たって、澪、よがりまくっちゃうだろ？」

「あぁぁぁぁぁっ！」

イッてる感覚が続きすぎて、体中の神経細胞が焼き切れていく。恭介のペニスが俺の中から引き抜かれ、体中に熱い液体が注がれる。

その刺激で、俺の体は呼吸さえ止まるほどの快楽の極みへと再び登り詰めた。

Lesson 13.　貪る。

絶頂まで駆け登り、再び気を失っていく澪を見下ろしながら、俺はその全身に向けて精液を放った。

胸に、腹に、顔に。

(「ぐちゃぐちゃにして……恭介で、いっぱいにしてぇ」)

澪の喘ぎ声が耳に甦り、俺のペニスはビクビクと震えながら、繰り返し白濁をこぼし続けた。

意識をなくして目の前に横たわる恋人に、全身が総毛立つほどの興奮を感じる。生々しい性交の跡に染め上げられた淫靡な肉体。激しい行為で白い肌は上気し、全身が汗で濡れそぼっている。艶やかな肌は、それだけでいつも以上になまめかしいのに、繰り返し放たれた互いの精によって至るところドロドロに汚されている。

あぁ、この壮絶に淫猥な体を、舐め回したい……。

込み上げる欲望のままに、俺は、激しい口づけでわずかに腫れ上がった澪の唇を舐め回す。汗と涙と唾液、そして精液までが混じり合った味にゾクゾクする。唇を堪能した後は顔中へ舌を這わし、最後にうっすらと開いた唇の中に舌を差し込んで、甘い口内をじっくりと舐め上げた。

「はぁっ……んっ……」

俺の唇が離れると同時に、澪が小さな吐息を漏らす。

気を失っているというのに、その声があまりにも色っぽすぎて、俺の股間はすぐに熱を持ち出す。もう一度、愛らしい唇に触れるだけのキスをした後、俺は上半身を起こして体の位置を下へとずらした。

澪の右脚を抱え上げ、その足の指へ唇を落とす。親指から小指まで順番に舐め回した後、一本一本を唇に含み、丹念にしゃぶる。

「ふっ、んっ……」

意識のない澪が、子犬が甘える時のような鼻声を出す。たまらなく可愛い。

本当に食べてしまいたいくらいに、可愛い。

食物を堪能するかのように足の指を口内で味わい、じゅるじゅると音を立てて吸い上げ、足の甲や裏側にも舌を這わす。

「はっ……ひゃっ……んっ……」

くすぐったいのか、体を震わせながら途切れ途切れに小さな声を上げる。

澪をこのままゆっくり眠らせてやりたいと思っているのに、もう一人の自分が、再び激しいセックスに溺れようと囁きかけてくる。

男同士の性交では、受け入れる側の肉体に大きな負担が掛かることを知っている。ましてや初めてであれば、慣れぬ体にどれだけのダメージを与えることか……。本当なら、真綿でくるむように優しく抱きしめ、疲れた体に十分な休息を取らせるべきだ。

なのに、もっと啼き叫ばせたい、もっと貪り尽くしたいという激しい衝動が湧き上がってくる。快楽の印を澪の体中に刻みたい。俺なしでは生きていられなくなるように。

他の誰も愛せなくなるように。

足元から上へ上へと舐め上げながら、所々強く吸い上げて、俺の刻印を刻み込む。くるぶし、ふくらはぎ、太もも——澪の白い肌に幾つもの赤い花が咲き乱れていく。

「くっ……ん……」

太ももの内側の柔らかな皮膚をきつく吸い上げると、澪の声音に苦しそうな息が混じる。なだめるように、吸い付いたその場所を優しくペロペロと舐め回すと、

「はぁ……んっ」

澪が明らかに快感を滲ませた声を上げた。

その声に、俺の下半身がズクッと反応する。いったん身を起こし、俺はおもむろに自分の前髪をかき上げた。

「はぁっ」

体の熱を発散させるように大きく息を吐き出しながら、体の下に組み敷いた恋人を見下ろ

す。

あますことなく肉体の全てを曝け出し、体液で汚した体を上気させながら、誘うように甘い吐息を漏らす澪。その姿が俺の網膜に焼きつき、激しい欲望で目の前が真っ赤になる。渇望の深さに目眩がする。

澪が欲しくて欲しくて、気が狂いそうだ。

衝動のままに澪を貪ってしまったら、きっと、俺はこいつを壊してしまう……。

例えようのない恐怖が全身を駆け巡った時。

「……きょう、すけ……」

夢の狭間にいるような茫洋とした口調で、澪が俺の名を呼んだ。トロンとした瞳が焦点を合わせないまま、わずかに見開かれる。

「……恭介……好きだよ……」

愛しすぎて、息が止まりそうだ。

再び閉じられた瞳に、俺はそっと口づけを落とした。

(愛してるよ、澪……)

初めは、普通の友情だった。

それが、気づいた時には特別な存在へと変わっていた。

酒の席では澪が心配で、変な男に絡まれないよう、いつもそばにいるようにしていた。彼女に振られたと泣きつかれれば、どんな夜中でも駆けつけて、話し相手になってやった。

恋人よりも澪と過ごす時間の方が大切だった。

澪が笑うと、俺まで幸せな気分になれた。

一番大切な存在だと、ずっと思っていた。

本当は、いつからこいつを愛し始めていたのだろう?

体より先に心は、とっくに恋に落ちていたのかもしれない。


愛という名の欲望の深さに、俺はあらためて気が遠くなる。もしも澪が他の誰かを愛したとしたら、俺は一体どうするだろう?

そう考えただけで、心の中にドス黒い感情が湧き上がってくる。

友情のままなら良かったのかもしれない。こうして体を繋げ合い、心まで深く捉われてしまったら、もう前の二人に戻ることなどできはしない……。

様々な想いに心をかき乱されながら、俺は澪を抱き上げ、ゆっくりとバスルームへ向かった。

バスタブの中に澪の体をもたせかけ、ぬるめのお湯で優しく洗い流す。汚れを落とした肌を、泡立てたボディソープでくるみ、再び弱いお湯で身を清める。深い眠りに落ちているらしい澪は、ぐったりと俺に身を預けたまま目を覚まさない。

バスタオルにくるんでソファに寝かせている間に、ベッドシーツを交換する。

真っ白なタオルに包まれて眠る澪は、汚れのない天使のようだ。同じ年の男を見て、そんなふうに感じること自体、俺は完全にこいつに囚われてしまったのだろう。

澪の頬に手を伸ばし、眠りを妨げぬようそっと触れる。

優しくしたい。大切にしたい。守りたい。

いつも、笑っていてほしい。

——なのに。


清潔なベッドシーツの上に移動させ、無防備な体を押し開く。体内に残っている俺の残滓をタオルの上に少しずつかき出していく。俺の指を咥え込む淫猥な器官から目が離せない。

自分の喉がごくりと鳴るのが聞こえる。

澪の体内から俺が放った白濁がこぼれ落ち、俺の下半身が激しく疼き出す。

愛しいのに、誰よりも大事にしたいのに。
俺は、こいつを壊してしまいたくなる……。

Lesson 14.　酔う。

目が覚めても、しばらくは夢の狭間に漂う感覚の中にいた。

夢の中でも、俺は恭介に抱きしめられていた。

けれど、俺を見つめる恭介の瞳には深い苦悩が宿っていて、強く抱きしめられているのに、俺の胸に不安の波が押し寄せる。その不安感に促されるようにして、俺はゆっくりと瞼を開いた。

清潔に整えられたベッドの上に、恭介の姿はない。

夢の切なさを引きずりながら、俺は、誰もいないシーツをそっと撫でた。目が覚めた時、隣に恭介にいてほしい――そう願っている自分に気づいて、ひどくドギマギする。

今まで恋人と体を繋げても、こんなふうに感じたことなんてなかった。

(俺って、どんだけ恭介のこと好きなんだよ)

胸の中を、むずがゆいような想いが駆け巡る。

(……とうとう、恭介とセックスしちゃったんだよな……)

身動きしようとした途端、下半身に鋭い痛みが走る。これまで使ったこともないような部位の筋肉痛と、恭介の凶悪なモノに繰り返し擦られた箇所の痛み。その痛みが昨夜のあられもない自分の姿を思い出させて、顔から火が出そうになる。

(マジで恥ずかしすぎるし……それに、すっげぇ痛ぇ……)

　体を動かすのがきつい。

　なんとか寝返りを打とうとしていると、バスルームから出てきたらしい恭介の足音が聞こえて、俺は思わずタオルケットを頭から被った。

「おはよう」

　恭介の声が、すぐ近くで聞こえる。

「……おはよう……」

　くぐもった自分の声が、ひどく嗄《か》れていることに驚く。

「ずいぶんセクシーな声になってんな」

　ベッドが沈み込んで、恭介が隣に腰掛けたのがわかった。

「顔、見せて?」

　かけられた低い声がひどく優しくて、心臓がバクバクし始める。

「……やだ……」

　もごもごと答える俺を、タオルケットごと抱きしめながら、恭介が囁く。

「そんなこと言うなよ。……おはようのキスは?」

「んなこと、するかっ！」

思わず反論しながら顔を出した俺を、恭介が嬉しそうに覗き込む。

「おはよう、澪」

目の前のイケメンぶりに、俺の心臓はさらに激しく跳びはねる。シャワーを浴びてきたのだろう、濡れたままの髪から雫がポタリと落ちる。鍛えられた見事な上半身を惜しげもなく晒していて、まさに水も滴るいい男だ。

（すげぇカッコいい……）

毎日のように見てきた親友なのに、あらためていい男っぷりに見惚れてしまう。朝、起き抜けの心臓には、インパクトが半端ない。

目をそらそうとした瞬間、恭介に顎をつかまれる。

恭介の顔が俺の上に降りて来て、俺は慌てて目を閉じた。ひんやりと冷たい恭介の唇が俺の唇をゆっくりとついばみ、それから、唇をこじ開けるようにして、舌が差し込まれる。

「んっ……んんっ……」

俺の口内を散々貪った後、唾液の痕《あと》を引きながら、恭介の唇が離れていく。

「澪の唇、ちょっと腫れてて、やらしいな……」

「おまえのせいだろ！」

俺を見つめる恭介の瞳に、明らかな熱が灯り始めている。

「……澪、おまえ、ヤバいって。……色っぽすぎ……」

「はぁ!?」

朝っぱらから、大の男つかまえて何言ってんだよ!?

「啼きすぎて声は嗄れてて、キスのしすぎで唇腫らして、そのうえ、すっごく気だるそうにしてるじゃん? もう、なんつーか、色気ダダ漏れ」

「あほかっ! 俺はな、おまえのせいで全身が痛くて死にそうなんだぞ」

恭介は、俺の苦情に対して謝るどころか、さも嬉しそうにニヤリと笑いかけてくる。

「ゆうべの澪、めちゃめちゃ気持ち良さそうにしてたもんなぁ……。もっともっととっておねだりする澪が可愛すぎて、俺も煽られまくって大変だったよ」

「それ以上、言うなっっ!」

もう一度タオルケットの中に引きこもろうとする俺を、恭介の腕が難なく阻止する。

「そうやって恥ずかしがる澪の顔が、これまたソソるんだよなぁ」

あっという間に、両手を捉えられる
「好きだよ、澪」

真上から見下ろしながら、恭介が甘く囁く。

「……ばかやろ……」

優しい瞳で見つめられて、抵抗なんてできるわけない。もう一度、深く口づけられて、俺の脳内は快感にトロリと溶け出す。

「ふっ……はっ……んんっ……」

角度を変えながら何度も口づけ、お互いの混じり合った唾液が喉元をこぼれ落ちる。

たまらなく気持ちいい……。

俺の唇をようやく解放した恭介が、溜め息交じりに呟く。

「エンドレスだな」

「おまえ抱くの、キリがなくて止めらんない。一日中セックスして、おまえを抱きつぶしちまいたい……」

そんな鬼畜なことを言われて、俺の体は熱く疼き出す。

俺だって、恭介が欲しくてたまらない。湧き上がる欲望が深すぎて、自分で自分が怖い……。

「……体中、痛いし……今日はもう無理だから」

快感に流されそうになる自分をどうにか制して、体のあちこちが訴えてくる痛みへと意識を移す。このまま続けたら、絶対にマズい。明日から学校もバイトも始まるのに、普通に生活できなくなる気がする。

「これ以上エッチすんの、だめ？」

「うん……マジで無理……」

恭介が体を起こし、長めの前髪をかき上げる。濡れた髪が色っぽい。

「おまえの意志を尊重するって約束したしな……。初めてだったから、慣れてなくて痛むだろうし……」

しばらく言葉を切った後、恭介の視線が俺へと戻る。瞳からは情欲の色が消えていない。

「……頭ではわかってんだけど、治まんないんだよな……口でしてもらってもいい？」

俺は黙ってうなずく。俺の瞳も、恭介と同じように情欲に濡れているに違いない。

全裸になってベッドに横たわった恭介の上に、俺は反対向きにまたがった。すでに硬く勃ち上がった恭介のモノに、そっと指を這わす。

（これ、舐めまくりたい……）

ほんの一週間前は、恭介のモノに手で触れることさえ抵抗があったのに、今は、この卑猥に勃ち上がる肉棒を咥えたくてたまらない。自分の喉がごくりと鳴るのがわかった。先端をペロリと舐めると、恭介の体がビクリと揺れる。その反応が嬉しくて、俺は肉竿にゆっくりと舌を這わした。

（おいしい……）

完全に、頭がイカレてると思う。

でも、その背徳感と異常さ故に、さらにこの行為に酔い痴れてしまう自分がいる。

喉の奥まで咥え込みながらしゃぶると、溢れ出した俺の唾液で淫靡な音が響き始める。

（あぁ、ヤバい……咥えてるだけなのに、俺のも勃起してる……）

そう思った瞬間、俺のペニスが温かいものに包まれて、体が跳ねる。

「んんっっ！」

恭介の口に含まれたのだと気づいて、さらに下半身に熱が集まる。自分たちの行為をあらためて認識した途端、興奮で意識が飛びそうになる。俺と恭介は今、互いの性器を口に含み、淫らすぎる愛撫を交わし合っているのだ。

「あぁぁ……っ……んんんっ！」

激しく巧みな恭介の口淫に煽られて、俺は、親友の喉の奥へ思い切り精を放った。

Lesson 15.　迷う。

月曜日。

朝、シャワーを浴びた後、バスルームの鏡に映るキスマークが、俺の目に飛び込んできた。胸元から足の先まで、至るところに赤紫の刻印が刻まれている。

あからさますぎる所有の印。

（「おまえは俺のものだ。一生、誰にも渡さない」）

耳元で囁く恭介の声が甦る。

今までの俺だったら、こんな激しい愛情を示されたなら、間違いなく逃げ出していただろう。業の深ささえ感じさせる独占欲に、鳥肌が立つ思いがする。でも、それは恐怖や嫌悪の感情ではない。恭介の愛に束縛されていくことに、俺の心は甘い疼きを感じていた。

恭介に、どこまでも深く囚われてしまいたい……。

＊＊＊

「帰したくない……」

ゆうべ自分のアパートへ戻ろうとする俺を抱きしめて、恭介はそう呟いた。

「明日から学校だから、戻んなきゃ」

俺も、ずっと一緒にいたい――その言葉を呑み込んで、恭介に触れるだけのキスをする。

「また来るよ」

「いつ？」

熱く見つめられて、何もかも投げ出してしまいたい気持ちになる。

でも、駄目だ。ずっと恭介と一緒にいたいからこそ、ちゃんとしなきゃいけない。

「明日はバイトが入ってるから、あさってかな」

「泊まんなくていいから、……少しだけでもいいから、明日も会いたい」

ぼそりと呟き、視線をそらす恭介を見て、胸がギュッと痛む。

どうしよう。恭介から離れたくない。

「恭介……」

恭介の肩に頭をもたせかける。

「好きだよ」

痛いほど強く抱きすくめられながら、俺は言葉を続けた。

「明日も一緒にいよう」

視線が絡み合い、どちらからともなく唇を寄せ合う。恭介が、俺の上唇と下唇を優しくついばみ、舌で唇全体を舐め上げた。背筋を甘い痺れが駆け抜ける。

初めて交わした、あの夜のキスのようだ。

「澪」

恭介が甘い声で俺の名を囁く。

離れた唇の距離は、わずか数センチ。

「恭介……」

強い引力に引きずられるように、再び唇を重ねる。今度は深く貪るように、舌を絡め合いながら。

唾液が溢れ、互いの口内を這う舌がぐちゅぐちゅと淫靡な水音を奏で始める。股間がすぐさま反応し出し、どちらからともなく腰を押し付け合う。固いモノ同士が擦れる快感に足元がふらつきそうになる。

「だめだよ……恭介……」

追いかけてくる恭介の唇から顔をそらし、なんとか小さく声を上げる。

「これ以上やったら、……止まんなくなるから」

恭介が俺の耳に舌を差し込んできて、体がビクリと跳ねる。

「あっ……ん！」

「最後まではやんないから」

耳元に息を吹き込むようにして、恭介が囁く。

「……だめだって」

勃ち上がり始めているモノを優しく撫で上げられて、脳が快感に沈み込もうとする。

「ホント、もう帰んなきゃ」

恭介の胸元に手を当て、力を込めて体を離す。俺の腰をつかんでいた手がようやく離れ、
恭介が大きく息を吐き出した。

「俺、マジで、ヤバイわ……」

唸るように低く呟いて、恭介が俺を見つめる。

「おまえがどこにも行かないよう、このまま閉じ込めておきたい」

病んでいるとしか思えないセリフに、俺の中の何かがゾクリと反応する。

俺も。

このまま。

恭介だけの世界に——。

「明日、バイトが終わったら、また来るよ」

恭介が驚いたような表情を見せる。

「でも、バイト終わんの遅いんだろ？」

「うん。九時半くらいになると思うけど、いい？」

「もちろん。食事作って待ってる」

「……明日も、泊まっていい？」

俺たちの眼差しは、欲望に濡れながら絡み合った。

＊＊＊

一限目の講義を終え、俺は空腹を満たすべくカフェテリアへと向かった。

俺は恭介と違って料理を作るのが苦手なので、食生活はもっぱらコンビニ弁当や外食だ。なので、一限がある時は、大学で朝食兼昼食を取るようにしている。

ランチには少し早い時間だったが、今日はすでに日替わり定食メニューも出ている。日替わり定食を注文して、窓際の席へ座る。

この時間は利用者が少ないから、かなり快適に過ごせる。混雑してくると、周りの会話が聞こえ放題になり、聞きたくもない噂話が耳に飛び込んできたりするのが苦手なのだ。

今日は天気もいいし、外で食べても良かったな……。そう思いながら、窓の外のテラス席へ目をやると、一番奥の席に座る人物に、鼓動が大きく跳ね上がった。

(――恭介!)

ものすごい勢いで立ち上がってしまったため、激しく椅子を引く音が辺りに響く。

(反応しすぎだろ、俺!)

二人きりの時以外は、今までどおり友人として普通に接しなければならないのに、こんな激しいリアクションをしてるようじゃ話にならない。

胸が高鳴るのを感じながら、俺はゆっくりとトレイを持ち上げ、テラス席へ移動しようとした。

その時、可愛らしいブルーのワンピースに身を包んだ女性が、恭介のもとへ歩み寄るのが見えた。

――相川奈穂、恭介の恋人。

心臓を鋭利な刃物で抉られるような痛みが走る。

ゆっくりとトレイをテーブルへ戻した後、俺は椅子に腰を下ろした。

見たくないのに、目を離すことができない。

柔らかく恭介に微笑みかけながら、相川が席に座る。恭介は飲み物を口に運んだ後、彼女に一言、二言、言葉をかける。嬉しそうに相川が微笑む。恭介が表情を変えないまま、再び口を開いて話し始める。

美男美女のお似合いすぎる恋人同士。

大学の学生たちがベストカップルと噂する、憧れの二人。

目の前が突然ぼやけて、何も見えなくなる。涙が溢れそうになっているに自分に気づいて、慌てて涙を堪える。

(こんな所で、なに泣きそうになってんだよ!)

自分を叱りつけながら、テーブルに置いてある紙ナプキンで目頭をぎゅっと押さえる。周りを見回すと、俺の方を見ているやつはいない。ほっとした途端、自分がそれまで息を詰めていたことに気づき、ゆっくりと息を吐き出す。

二人の姿を見るのが怖くて、もう外へ目をやる勇気はなかった。

食欲は失せ、ほとんど手をつけていない目の前の食事が重く胃にのしかかってくる。

(食べなきゃな……)

このまま捨てるとか、食事を作ってくれているおばちゃんたちに失礼すぎる。そう思いながらも、箸が動かない。

恭介は、相川とは別れると言ってくれた。その言葉を、もちろん疑ったりなんかしてない。

恭介が、どれほど俺のことを好きかわかっている。

でも、恭介と相川の関係も、俺はよく理解していた。


「相川となら結婚してもいいかな」

半年くらい前、二人で居酒屋で飲んでいた俺たちは、なぜだか話の流れで結婚の話題になった。その時、恭介がそう言った。

「俺、今まで本気でつき合った女っていなかったんだけど、相川は何か違うんだよな」

知り合った当初、女とのつき合いは長く続かないと言っていた恭介だったが、大学入学後すぐにつき合い始めた相川とは、ずっと恋人関係が続いていた。

「へぇ。今までつき合った他の女と、何が違うんだ?」

興味本位で聞く俺に、恭介は真剣な顔で答えた。

「一緒にいて落ち着くんだよな。束縛するようなことも言わないし。……基本的な価値観が似てるんだろうな」

その時の俺は、心から恭介たちを応援していた。俺も早く、そんなふうに思える恋人に出会いたいとさえ思っていたのだ。

なのに。

今の俺は、恭介の幸せと安寧を壊そうとしている。

周囲の皆に心から祝福されている恋人同士を、引き裂こうとしているのだ。相川とだったら、恭介はきっと幸せになれる。

一時の感情に流されて、恭介から特別な女性を引き離してしまっていいのか……？

俺と恭介の関係は、世の中から受け入れられることはない。激しく深く互いに囚われながら、昏《くら》い水底へ堕ちていくような恋だ。それは、決して日の光を浴びることはできない闇の世界。

俺たちは、どこへ向かえばいいのだろう。

Lesson 16.　奪う。

『ごめん。今日、行けなくなった』

　夜九時。

　一行だけのメッセージを送った後、携帯電話の電源を落とす。

　バイト帰りの電車から見える華やかな街の灯りが、今日は空虚でさびれたものに見える。

　何も考えたくない。頭をからっぽにして、ぼんやりと外の風景を見つめる。でも、いくら考えることを止めようとしても、心はあいつへと戻っていく。

　──恭介に会いたい。

　あの瞳に見つめられて、甘い言葉を囁かれて、気が狂うほどの愛撫を受けたい。

　俺だけを見て。

　俺だけに溺れて。

　呪縛のような昏《くら》い感情が、俺の内から溢れ出す。

　大切な親友。

一緒にいると楽しくて、なんでも本音で話せて、ずっとずっと一生、かけがえのない友達でいられると思ってた。

大学を卒業して社会に出ても、お互いに結婚して家庭を持っても、たとえ遠く離れたとしても、恭介とはいつまでも繋がっていられると信じてた。

なのに。

もう、あの頃の二人には戻れない。

サークルで馬鹿やってる俺を見ながら、いつも隣で苦笑いする恭介。

ライブや映画を二人で見に行った後は、感想を語り合って一晩中盛り上がった。

彼女に振られたと泣きつくと、前髪をくしゃくしゃにしながら俺の頭を撫でてくれて、その優しい仕草に癒やされたくて、俺はわざと甘えてみせた。

酒の席で変な男に絡まれると、必ず助けに来てくれて、そんな時の怒ったような横顔を見ると、俺はなぜか無性に嬉しくなった。

好きだった。

俺は、ずっと恭介が好きだったんだ。親友とか恋人とか、そんな言葉で語れないくらい、誰よりも誰よりも恭介が大切で。だから、キスされて、抱きしめられて、あっという間に体はその愛撫に溺れた。

恭介と体を繋げ合った時、どうしようもないほど心まで絡め取られたことを知った。恭介に何度も貫かれながら、精神《こころ》も肉体《からだ》も互いにドロドロに溶け合って、二人だけの世界に堕ちていった。

あんなふうに、他の誰かを愛したりできない。

恭介を、誰よりも愛してる。

でも、だからこそ、恭介には幸せになってほしいんだ。光り輝く人生を歩んでいくはずの恭介の未来を、俺は守りたい。

恭介から離れなきゃいけない。最初からわかっていたはずなのに、向けられる想いが嬉しくて、どうしても手放すことができなかった……。

駅の改札を抜け、アパートへの道を歩く。

大学も三年に入って、これから就活や教育実習で忙しくなる。サークルに行かなければ、恭介との接点はなくなるし、ゼミやバイトであっという間に時間は過ぎ去っていくだろう。大学に行く機会はどんどん減って、やがて、卒業して……。

頬の冷たさで我に返る。

流れる涙をぬぐうこともできず、俺は呆然とその場に立ち尽くした。

恭介のいない未来は、なんて空虚なんだろう……。

俯いた俺の瞳から、数滴の涙が地面へとこぼれ落ちてゆく。

その時、目の前のアパートの階段を駆け下りるカンカンという足音が夜道に響き渡った。

顔を上げると、俺の方へと駆け寄る恭介の姿を見つけて、思考回路が止まった。

俺の前まで走り寄った恭介に、すごい勢いで抱きしめられる。

「なんで電話に出ないんだよ!」

恭介が吐き捨てるように小さく叫ぶ。

「……恭介……」

抱きしめ返してはいけない。

恭介を、俺から解放しなきゃいけないんだ。

「独りで泣いてんじゃないぞ。……おまえを泣かせていいのは、俺だけだ」

「……恭介……俺たち、やっぱり……」

ぐいっと肩を押されて、真正面から射殺されそうな視線が注がれる。

「だめだ。それ以上、言うな。俺から離れるのは許さない」

恭介の瞳に宿る凶暴な光に、全身が絡め取られたように陶然となる。

「他の誰かに奪われるくらいなら、おまえを殺す」

その言葉に、魂を射抜かれる。

（――いっそ、殺して）

恭介の瞳に囚われながら、甘く切ない疼きが精神を冒していく。

（俺から離れていってしまうくらいなら、どうか殺して……）

噛みつくように口づけられて、体中に快感の波が走る。口内に侵入してくる恭介の舌を、夢中になって吸い上げる。恭介の首に両手を回し、愛しい人の唇を貪りながら、堪えきれずに漏れる自分の甘ったるい声にさえ煽られる。唾液の糸を残して恭介の唇が離れ、強く左手を捕まれる。走り出すようにアパートへ向かう恭介に引っ張られながら、俺の胸は言いようのない幸福感に包まれていく。

俺たちは、離れない。

大学を卒業しても、社会に出ても、ずっとずっと一緒にいる。

どんな罪も、苦悩も、二人で背負って生きていく。

俺の部屋に入ると、恭介が激しい口づけを再開する。

互いの口内を犯し、舌を絡め合い、唾液を飲み干す。唇から離れた恭介の舌が、俺の喉や首筋を這い回り、幾度も鈍い痛みが走る。隠しようのない場所に、幾つもの所有の刻印を刻み込まれていく。

（「おまえは俺のものだ。一生、誰にも渡さない」）

離さないで。

ずっと、そばにいて。

お互いの荒い息と昂る体に煽られる。

「恭介……」

恭介の背を力いっぱいかき抱く。

「覚悟しろよ、澪。俺がどれくらいおまえに溺れてるか、体に教え込んでやる。もう二度と俺を避けようなんて思えないくらい、いじめ抜いてやるよ」

耳元で低く囁かれて、ゾクゾクした興奮が走る。

「……恭介にならら、俺、殺されてもいいよ」

恭介の目が、驚いたように小さく見開かれる。

「俺の命も人生も、恭介のものにしていいから。……だから、ずっと、一緒にいよう」

飢え渇いたような恭介の瞳に、激しい欲情の色が混ざっていく。

「愛してるよ、澪」

今にも互いの唇が触れそうな位置から、恭介の甘い囁きが落ちる。

「俺も、愛してる……」

俺の言葉は、恭介の唇に呑み込まれて消えた。

Lesson 17. 愛する。

「んっ……んんん、んっ……！」

くぐもった俺の呻き声と、ぐちゃぐちゃという粘度の高い水音、その合間に肌同士が激しくぶつかる音が響く。

「んんんっ！　……うっんん！」

声が出せないように口をタオルでふさがれ、両脚を大きく広げられながら、俺は恭介のモノに体内をガツガツと攻め立てられる。

「っんんんん……んっっ！」

イキたいのに、イキたくてたまらないのに、根元を縛られた俺のペニスは先走りの液でドロドロになりながら怒張したままだ。

苦しくて、切なくて、たまらなく気持ちよくて。

「ふっっ！　……ふっ……んんんっ！」

俺は涙を滲ませながら、激しく首を左右に振る。たまらない。良すぎて、変になる。

「ほら、いいだろ？　澪の気持ちいいとこ、ココだろ？」

腰を大きくグラインドさせながら、俺の中をめちゃめちゃにかき回していた恭介が、一点を集中的に攻め始める。

「ふっ！　……んんんんっ！」

コリコリしたものを擦られて俺の体が痺れ、それに合わせるように俺の中も激しく痙攣する。

「澪、締めすぎ」

うっとりしたような声を漏らした後、恭介の腰の動きが大きくなり、スピードが増す。

「出すぞ。俺の精液を、澪の中でぶちまけるからな。ちゃんと全部飲み込めよ」

「んんんんっ！　……うっっんんんっ……！」

苦しい。気持ちいい。感じる。良すぎる。

イキたい、イキたい、イキたいっ！　イクっ、イクっ！」

熱い液体を体内に注がれて、男根を充血させたまま俺は絶頂へ飛んだ。

「ペニス膨らませたまま、空イキしたのか。どんだけ淫乱な体なんだよ」

「ふっっ……ふっっ……」

口をふさがれているから、ひどく息が苦しい。

「タオル取ってほしい？」

ひどく優しい声で恭介が問いかける。

「んっ！　んっ！」

　俺は必死で首を縦に振る。

「しょうがないなぁ。お仕置きだから、ホントはもっとひどくしたいんだけど。……外してあげてもいいけど、その代わり、ちゃんとおねだりできるか？」

　しかたなくコクンとうなずく。結び目を解かれ、ようやく唇が開放される。大きく息を吸うと、酸素が肺に取りまれていくのがわかる。

「はぁっ……はぁっ……はぁっ」

「ほら、腰はちゃんと上げて」

　繋がったままの下半身をいきなりグイと突かれる。

「ああっっ！」

「大きな声、出したらだめだって言ったろ」

　そのセリフと相反して、恭介の再び硬くなり始めたモノが、入り口の敏感な場所を何度も擦る。

「んんっっ！」

　慌てて、自分の手で口を覆う。

「そうそう。ちゃんと我慢しろよ。このアパート、壁薄いから、声、筒抜けになるぞ」

　恭介のペニスが体内から外れ、幾度も放たれた体液が収まりきれずにこぼれ落ちてくる。

「ほら、立って」

体を起こされ、支えられるようにしてベッドから降りた俺は、壁に手を突くような姿勢を取らされる。

「何⁉ 恭介？」

「そのまま腰、突き出して。立ったままヤルから」

「っ！ やだっ！」

こんな壁際でなんて。

俺の拒絶を無視して、背後から腰を強くつかまれる。次の瞬間、完全に硬さを取り戻した肉棒に、体内を刺し貫かれていく。

「ああっっんっ！」

「隣に聞こえるぞ」

容赦なく激しい出し入れをされて、俺の体も前後に揺れる。両手を壁から外すことができないから、唇を噛みしめて声を出すのを耐えなければいけない。でも、与えられる快感に理性がどんどん飛んでいく。

「んんっ！ ……んっ！ ……あっっんっ！ あああっっ！」

「すげぇエロい声。お隣さん、聞き耳立ててるぞ、きっと」

「はぁっんんんっ！ ……だめだ！ やだっ！ だめ……」

中を激しく攻め立てていたものが、突然ズルリと外に出て行く。

「あっ！」

「だめなんだろ？　おまえがすっげぇ淫乱だって、隣のやつにばれちゃマズいもんな？」

縛り上げられた陰部からタラタラと液が垂れる。恭介の形に広がった奥がきゅうきゅうと蠢いているのがわかる。

欲しい。

恭介の熱くて硬いモノが、欲しい。

「……入れて」

掠れたような声しか出ない。

「何？　澪、ちゃんと言って」

「……恭介のを、入れてほしい……」

羞恥に、体が小さく震える。なのに、恭介に体内を貪られるあの快楽が欲しくて、どんなことでも口走ってしまいそうだ。

恭介が小さく笑う。

「ホントはもっとエロくおねだりしてほしいんだけどなぁ。ま、初めてだから許してやるよ」

待ちわびていた楔が、体内を強く圧迫しながら、俺の中いっぱいに侵入してくる。

「あぁぁぁっ！」

壁に突いていた手が、体を支えきれずにずれ落ちる。それを予測していたかのように、恭介が俺の上半身を両腕で抱きしめた。

「ほら、立ちバックもいいだろ?」

「はっあぁあっんんんっ」

腰をぴったりとくっ付け合ったまま、激しく擦り上げられる。

「どう? 当たるとこが違うと気持ちいいよな。澪のイイ所、全部、見つけてやるからな」

脚を大きく開かされて、下からの突き上げが始まる。

「あっっ! 深いっ! ……深すぎるよっ!」

恭介に激しく突き上げられて、足元が宙に浮きそうになる。信じられないほど奥まで犯されて、内臓が圧迫されるような恐怖と串刺しにされる快感が脳を蕩かす。

「もう、イキたいっ! ……おねがい……きょう、すけっ!」

縛られたペニスが圧迫されすぎて、痛くて、気持ち良くて、死にそうだ。

「俺から離れようなんて、二度と思わない?」

「もう、絶対しない、からっ! ……んんんっ!」

「しようがないな、澪は」

冷静に答えながらも、恭介の腰はいやらしい動きを繰り返している。

「はぁっ! ああっっ、んんっっ‼」

目の前に靄が掛かってくる。前と後ろの両方から刺激が与えられ始める。

「あぁぁぁぁぁぁぁぁっ！」

束縛が解かれたのだと気づく前に、俺の体は昇り詰め、白濁を撒き散らす。締めつける俺の体内で、恭介が何度目かの射精をし、その刺激で俺も再びイッてしまう。

床に崩れ落ちそうになる俺を、恭介が後ろから抱き止めた。

「まだダウンするんじゃないぞ。おまえが俺のものだってこと、嫌ってほどわからせてやるよ。アパート中に響くくらい、一晩中、やらしい声で啼かせるから」

「恭介」

すでに嗄れ始めている声で、小さく反抗の意思を伝える。

「おまえを独りにしとくとロクなこと考えないだろ？　だから、俺と一緒にいろ」

俺の顔を後ろに向けさせ、甘い口づけを落とす。

「このアパートを出て、俺と一緒に暮らそう」

俺も恭介と一緒にいたい。少しでも長く。ずっと、ずっと。

恭介に抱きしめられながら、俺は小さくうなずいた。

体をすくい上げられて、全身への愛撫が再開する。あっという間に体が淫らな熱を持ち始め、もう声を抑えることも忘れて、俺は激しく喘ぎ始める。

あぁ、どこまでも堕ちていく。

恭介と一緒に。

＊＊＊

翌日、俺のアパートから最低限の荷物だけを持ち出して、恭介の部屋へと移動する。

今日から、恭介の部屋で二人暮らしだ。

マンションに着くと、俺たちはすぐに体を重ね合った。昨夜から数え切れないくらい抱き合っている。それなのに、少しの間も離れたくなくて、一日中ベッドの中で二人で過ごす。たわいもないおしゃべりをして、たくさんキスをして、何度も体を繋げて。食事は、外国映画のように、恭介が料理をベッドまで運んでくれた。二人でふざけ合って友達のように笑い合い、繰り返し甘い口づけを交わす。

親友で、恋人。

誰よりもかけがえのない相手。

きっとこれから、俺たちの前にはたくさんの障害が立ちはだかるのだろう。それでも、何があっても離れないと決めたんだ。

俺たちは一生、一緒に生きていく。


「なぁ、これなんか良くないか?」

パソコンの前に座った恭介が俺に話しかけてくる。

ついさっきまで散々俺の体を貪ってたくせに、平然としてる様子が悔しい。俺は立ち上がれないくらい疲れきってるっていうのに。恭介の裸の背が、ギリシア彫刻のような美しい筋肉のラインを描いている。

あの背中を思い切り抱きしめたい。そう思って、胸がきゅっと疼く。

あぁ、どんだけ恭介が好きなんだよ、俺。

のろのろと下着だけを身につけて、恭介の横からディスプレイを覗き込む。

「んー? 新しい部屋?」

「そう、俺たちの新居。やっぱ風呂が広い所がいいよな」

「なんだよ、その条件」

思わず苦笑いしてしまう。

「セックスの後、澪を洗ってやりたいからさ。風呂が広いのが第一条件だな」

「俺が起き上がれなくなるくらい抱きつぶすからだろ。もう少し手加減しろよ」

「おまえを抱くのに手加減なんかできるわけないだろ？」

　恭介が嬉しそうに両手を広げる。

「ほら、おいで」

　同じ年の男に向かって、なんだよ、それ。

「ばぁか……」

　そう言いながらも、俺は恭介の膝の上に腰掛けて、首元へと両手を回す。互いの素肌が触れ合って気持ちいい。

「新居におまえの分の椅子はいらないな。澪はいつもこうして俺の腕に抱かれてればいい」

「まったく、何言ってんだか」

　目の前の恭介は、蕩けそうに甘い表情で俺を見つめている。

　こいつってば、どんだけ俺のことが好きなんだよ。

「――なぁ、ちょっと俺にキスしてみてよ？」

　意味深に囁いてみる。

　いたずらっぽく見つめる俺に、恭介がニヤリと笑い返す。

「おまえ、酔っ払ってんの？」

あの夜のバーでのやりとり。

たった二週間くらい前のことなのに、ずっと前のことのように思える。あの日から全てが変わった。

「じゃあ、別の男に頼むからいいよ」

「そんなこと、許すかよ」

恭介がムッとしたように言う。

「セリフ、違うだろ」

ふき出す俺に、恭介が不機嫌そうに答える。

「冗談でも許さねぇから」

「うん、わかってるよ」

甘えるように恭介の唇に小さなキスを落とす。

「じゃあ、キスの仕方、教えて？」

俺を抱きしめたまま、恭介が立ち上がる。

「ベッドの中でゆっくり教えてやるよ」

ベッドへと運ばれながら、俺は触れたかった恭介の背中にゆっくりと腕を伸ばす。

愛してるよ、恭介。
ずっと一緒にいような。
満たされたひと時の中、俺は心の中でそっと呟いた。

Epilogue 01.　野獣彼氏のしつけ方、教えて。

部屋探しは難しい。

何が難しいって、男二人で同居可の物件を見つけるのがかなり大変だ。――という事を、俺は今回身をもって知った。

「友達とのシェアねぇ……」

探るように見つめてくる不動産屋に、俺は思わずムッとしてしまう。

「家族以外の同居っていうのは嫌がるオーナーさんが多いんですよ」

「ネットにアップされてた物件は大丈夫となってましたが？」

恭介が無表情に聞く。

「あぁ、それね。もう申し込み入っちゃってるんです」

「わかりました。じゃあ結構です」

さっさと席を立つ恭介に、慌てて俺も続く。

店を出た恭介が「作戦練り直しだな」と呟く。

「なんか感じ悪かったな、あの不動産屋」

「ネットに出してた物件もつりだったみたいだしな」

「え？　そうなの？」

「すでに入居者が決まってんのに、条件がいいから客寄せに使ってるんだろ」

「なんだよ、それ!?」


恭介の部屋に転がり込んでから一週間。

1LDKに二人で暮らすのはさすがに狭いから、俺たちは新しい部屋を探しているところだ。

初めはすぐに見つかるだろうと高をくくっていたが、これが思ったよりも簡単じゃない。俺的には、恭介が主張している「風呂が広い」という条件もネックの一つになっていると思うのだが、いろいろと反撃が怖いので口にはしないでいる。

「喫茶店にでも入って、もう一回、物件チェックしてみるか」

「そうだな」

不動産屋のすぐ近くにあったカフェへと入ると、オーダーを取りにきた女の子が、恭介を見ていきなり目がハートになる。

「ご注文はお決まりですか？」

「アイスコーヒーと……澪は、何にする?」

「俺、カフェラテ」

恭介のことを熱い眼差しで見てた女の子が、今度は俺の方を向いてにっこり微笑む。

「アイスとホット、どちらがよろしいですか?」

「アイスで」

「はい、かしこまりました」

去って行く彼女の背にチラリと恭介が目を向ける。途端に胸の奥がチクッとする。

確かに結構、可愛い子だったよな。明らかに恭介に熱視線を送ってたし。

「ああいう感じの子、好み?」

俺が言おうと思ってたセリフが、なぜか恭介の口から飛び出してきて、思わず目を白黒させてしまう。

「……へ!?　何?　……俺に言ってんの?」

「おまえ以外に誰がいるんだよ」

「えーっと……好みかって聞かれても……」

目がクリッとして丸顔で、確かに好きなタイプかもしれないが……。

「やけにじっと見てたじゃん」

「いや、それは、その……」

恭介に対してかなりアピールしてんなーと思って、イラついて見てたんだよ――とは言えない。

「あの子、おまえに気があるかもな」

「はぁ？　んなわけあるかよ」

彼女が気があるのは、おまえだ、おまえ！

なぜか恭介が大きな溜め息をつく。

「……マジで閉じ込めたくなるな」

小さく呟いた後に、俺を見つめてくる強い眼差しに鼓動が跳ねる。

「今夜は寝かさないから。覚悟しとけよ」

「な、何言ってんだよっ⁉」

ぶわっと顔に熱が集まるのがわかる。こんな公衆の面前でなんつーことを口走るんだよ、こいつは⁉　ワタワタする俺を尻目に、恭介は平然とカバンからタブレットを取り出し起動する。

「少し家賃の上限を上げて、再検索してみるか」

恭介の指がキーボードの上を滑るのをぼんやりと見つめる。クールな表情でデータを確認している恭介はなんとも言えずキマってる。こんなカッコいい男、女の子たちが熱を上げて当然だと思う。

でも、こいつが好きなのは、俺なのだ。

あらためてそう思うと、頬の熱さが引かない。

「お待たせしました」

さっきのウェイトレスが飲み物をテーブルに置くが、恭介の視線は画面に向かったまま動かない。

(……もしかして、こいつ、この女の子に嫉妬したのか？)

さっきのやりとりがそういう意味だったと気づくと、いきなり口元がニヤけてしまう。妙に照れくさいような嬉しいような気持ちで、胸がきゅんとする。

あぁ、ホント、俺ってこいつにベタ惚れだよな。

「あの子、無視して良かったのか？」

ウェイトレスが去った後、タブレットから目を離した恭介が問いかけてくる。

「恭介がいるのに、女の子に目移りするはずないだろ？」

そう返事を返しながらも、恥ずかしくて俯いてしまう。

「……澪」

声をかけられても顔を上げられない。

「おまえは俺のものだからな」

低い声音の熱量にあてられて思わず視線を上げる。

恭介の鋭い眼差しの中に、熱い欲望が滾《たぎ》っているのがわかる。ベッドの中で繰り返し囁かれる束縛の言葉をこんな場所で聞かされて、俺の体は一気に熱くなる。

「そうだろ?」

絡みつくような視線に捉われながら、頭の中がトロリと甘く蕩け出すのがわかる。

「……うん」

嬉しそうに瞳を細めながら、舌なめずりしそうな表情で恭介が囁く。

「今夜、たっぷり思い知らせてやるよ」

恭介の言葉と絡み合う視線に否応なく下半身が反応してしまう。こんな場所で勃つとか、ありえなさすぎだ。俺、完全にこいつのせいで体が変になってる。

目の前の恭介は涼しい顔で、再びタブレットを覗き込んでいる。

いいように翻弄されて悔しいはずなのに、心の奥では恭介の俺への執着の深さに昏い喜びを感じている。恭介を好きになってから、俺は今まで体験したことのない感情に向き合わざるをえなくて、それが少し怖い……。

「良さそうなのがあったぞ」

そう言って、俺に見えるように画面をずらす。

条件を確認すると、最寄り駅からの距離、間取り、広さとも希望に合致している。(なんとバスルームも広めだ）家賃は若干高いが、何より『二人入居可』の文字。

「ここ、当たってみようぜ」

そう言いながら携帯電話を取り出し、表示されている番号に電話をかけ始める。

「ネットの物件を見て電話したんですが……物件番号は〇〇〇です」

相手との話が続いているところをみると、まだこの物件は残っているようだ。

「友人と二名で入居したいんですが」

恭介が一番大事なポイントを確認する。

「わかりました。では、これからすぐに伺います」

話しながら俺の方を見て親指を立てる。どうやら条件を全てクリアできたらしい。

電話を切った恭介がコーヒーを口に運ぶ。

「二つ先の駅にある不動産会社だ。すぐに内覧させてくれるってさ」

突然〝同棲〟という文字が頭に浮かぶ。一週間近く部屋探しをしてきたのに、今頃になって急に二人で暮らすことにリアリティを感じ始める。今だって恭介の部屋に一緒に住んではいるが、一時的な居候といった形だ。でも、これからは違う。

俺と恭介の二人の部屋。恋人同士が暮らす愛の住処《すみか》……。

そこまで考えて、慌てて目の前のカフェラテを喉に流し込む。

なんつー恋愛漫画みたいな連想をしてるんだよ、俺は！　体だけじゃなく思考回路まで、恭介のせいでおかしくなってる気がする。俺と恭介は、同居だ、同居！　親友（兼恋人）の恭介と二人で共同生活をするんだ。ちなみに「兼恋人」っていうのは、あくまで括弧《かっこ》だからなっ！

「何一人で百面相してんの？」

　コーヒーを飲みながら、恭介が俺をじっと見つめる。

「なんでもないよ」

「ふーん」

　その言い方、なんか怖いぞ。こいつがこういう口調になる時は、たいていよからぬことを考えてる時だ。

「まぁ、後でじっくり聞かせてもらうけど」

　だから、さらりと言ってるそのセリフが怖いんですが。

　ゆっくりと口角を上げながら俺をねめつける視線が熱を帯びている。それを感じるだけで、俺の体の奥が疼き出す。

「そんな顔すんなよ。夜まで我慢できなくなるだろ」

「ばっ、ばかやろ！」

　どうしてこう平気な顔して思いっきりきわどいことを言うかな、こいつは。一緒にいる俺の方がドギマギして落ち着かない。

「まずは新居候補を見に行きますか」

テーブルの上を片付けて立ち上がる恭介の後から、引かない頬の熱を感じつつ、俺も黙って席を立った。

＊＊＊

夕飯を外で済ませて帰宅すると、俺はすぐに風呂の準備を始める。一日外にいて結構汗をかいたし、アルコールが抜け始めてきて、さっぱりしたい気分だ。

「風呂入んの?」

「うん」

「一緒に入ろうぜ」

「やだよ」

恥ずかしくて慌てて否定の言葉を返すと、恭介の瞳が鋭く細められる。

歩み寄られて、俺はあっという間に壁際まで追い詰められる。片手を壁につき、もう片方の手で俺の顎を持ち上げる。壁ドン、顎クイのダブル攻めかよっ!?

「澪」

そっと囁きながら、唇を優しく重ねてくる。

強く束縛され、甘く囁かれて、心も体もあっという間に蕩かされていくのがわかる。わずかに唇を触れ合わせただけなのに、全身に快感の鳥肌が立つ。

クチュリと音を立てて、恭介の舌が俺の口内に忍び込む。

「はぁっ」

上ずった声を漏らす俺に、恭介が強く腰を押し付けてくる。硬くなったものをゴリゴリと押し付けられて、俺のモノもすぐに反応を返す。布越しに擦れ合う感じがもどかしくてたまらずに、自分の腰が淫靡に揺れ始めるのがわかる。

溢れ出す唾液を交換し始める頃には、体の熱が抑えられなくなっていて、互いの体を撫で回しながら服を脱がせ合う。

「ふっ……んっ……あんっ！」

喉元を舐め上げられて、思わず甲高い声が出る。

「あぁ、もう、たまんねぇな……」

低く唸るように呟くと、リビングの壁に俺を押しつけるようにして、胸元を貪り始める。

「ああっ！」

突起を含まれて、電流のような快感に体が跳ねる。レロレロと舐め回す舌の動きにゾクゾクするものが体中を走る。

「まずは、ここだけでイクか?」

「やだ……んっ!」

片方の乳首を強くつまみ上げられて、悲鳴のような嬌声を上げてしまう。

「嫌じゃないだろ、澪? こんなに乳首、硬く尖らせて。いじってほしいんだろ?」

恥ずかしくて必死にかぶりを振る。

「もともと感じやすかったのを、俺がさらに開発したからな。胸いじると、すぐイッちゃうんだよな、澪は」

恭介の指が乳頭の周りをゆっくりと撫で回す。

「ここ、いじめてほしくてたまらないって、ちゃんとおねだりしろよ」

ひどい言葉を吐きながら、恭介の長い指が胸の先端をはじく。

「ああっっ!」

腰が跳ねて、勃起したモノから先走りの液が垂れるのがわかる。

「可愛すぎ」

ねっとりと唇に舌を這わせた後、恭介が溜め息のように囁く。

「二度と女なんか抱けない体にしてやるよ」

リビングの床に倒されて、胸の突起を舐め回される。

「んっ! ……やっ!」

「こんなに胸で感じちゃって、女の子よりエロいよ」

やたらと女の話を振ってくるのは、たぶん今日のウェイトレスのせいだ。

「……昼間、女の子を見てたのは……」

喘ぎ声に変わりそうなのを必死に押さえ込んで、なんとか言葉を搾り出す。「……あの子が、恭介を見てんのが、嫌だったからだよ……」

恭介の動きが止まる。

「……おまえのこと、うっとりした目で見てて……それが嫌で……」

「ホントに？」

覆いかぶさるようにしながら、恭介が真上から見下ろしてくる。

「な、なんだよ。……俺がやきもちやいたら悪いかよ」

視線をそらした俺を、恭介がぎゅっと抱きしめる。

「澪が嫉妬してくれるとか、すっげー嬉しい……」

強く抱きしめられて、収まらない体の熱と胸が締めつけられるような愛しさで目眩がする。

「今夜は、澪をいじめ抜いて泣かせまくろうと思ってたけど、やめるよ」

そのセリフに背筋を冷たいものが走ると同時に、心底ほっとする。恥ずかしいのを我慢して、昼間の事をちゃんと弁明してよかったぜ。

「一晩中、おまえを目いっぱい可愛がってやる。とろっとろに蕩けさせて、気絶するまでイキまくらせてやるからな」

　サーッと血の気が引いていく。

　その二つって、結局同じことなんじゃ……？

「ここだと背中痛いよな？　ベッドに移動しよう」

　かろうじて残っていた衣服をあっという間に脱がされて、お姫様抱っこで抱え上げられる。

「連休の夜って最高だな。明日のこと考えなくていいし」

　固まったままの俺を、恭介がベッドにそっと横たえる。

「明日も一日、ベッドの中にいようぜ」

　その言葉が嘘じゃないことを、俺は嫌と言うほど知っている。こいつは信じられないくらいの絶倫男で、文字どおり一晩中とか一日中とかヤリまくって、俺を抱きつぶすのだ。

　ニヤリと片頬で笑う恭介の双眸には、野獣のように貪欲な欲望の光が宿っている。

　その瞳に見つめられて、俺の全身にもゾクゾクした情欲が這い上がってくる。

　俺の心と体はいつだって、おまえの牙に捕らえられてる。

　そっと目を閉じると、甘く淫靡な口づけが落ちてくる。

　俺の体の全てが、あますことなく恭介に押し開かれていった…………。

＊＊＊

引っ越しを終えた俺たちは、まだ片付けていないダンボール箱に囲まれながら、近くのコンビニで買ってきた弁当や惣菜を広げた。

新しい部屋はリビングルームがかなり広いので、テーブルと椅子を新たに購入したのだが、これがなかなか座り心地がいい。新品の椅子に腰掛けて満足しながら、俺は缶ビールのプルタブを開けた。

「引っ越しって、ホント大変だよなぁ」

ここ数日、引っ越しの準備で大忙しで、はっきり言ってくたくただ。でも、ひと仕事終わったという開放感のおかげか、ビールの味がいつもより美味い。

「だな。でも、これで、澪ともっといろいろできるな」

目の前で同じく美味そうにビールを飲んでいる恋人の発言が、妙に引っかかる。

「……いろいろって、なんだよ?」

「そりゃあ、いろいろだよ」

「だから、具体的にはなんだよ？」

「リビングもキッチンも広くなったろ？」

「ああ」

「もちろん風呂も広くなったし、あと、ベランダもな」

「……だから？」

恭介の笑みが深くなる。

「部屋中至るところで、澪とセックスできる」

一瞬、思考停止状態に陥る。

えーっと、なんですって？

リビングとキッチンと風呂と、それからベランダ……？

胃に落ちたビールが逆流しそうだ。

「……待て。それは、無理だろ……」

「なんで？」

「場所的にとか、体勢的にとかだな……その、いろいろ難しいと思うし……」

「全然無理じゃない」

「いや、その……」

慌てる俺に、恭介がなんとも言えない艶のある視線を向ける。

「二人でいろいろ楽しもうぜ」

「……」

今までも十分に大変だったんだ。これ以上、俺にどうしろって言うんだ⁉

——頼む。

誰か、俺にケダモノすぎる彼氏のしつけ方を教えてくれ……。

Epilogue 02.　愛を乞い、そして幾度も愛を告げよう。

こういうの、大学に入ってから何度目だっけ？

見知らぬ学生の後ろをついて歩きながら、頭の中で数えてみる。たぶん六回目くらいか。

学生課に書類を出し管理棟を出た時、彼女に声をかけられたのだ。初めて会う女性のはずだが、前にどこかで見たような気もした。

「少しお時間もらえますか？」

緊張した面持ちとそのセリフは過去に何度か経験したものと似ている。

「いいよ」

そう答えると、彼女の表情がちょっと和らぐ。

管理棟の裏側にあたる図書館横のスペースまで歩いていくと、向き直った彼女が一瞬目を合わせた後、慌てたように俯いた。

「――突然すみません。私、文学部二年の芳野《よしの》と言います。……夏越さんとお友達になりたくて」

ためらいがちに顔を上げた彼女の表情が記憶の中の写真と一致する。

（去年の学祭でミスコンに出てた子だ）

相川がグランプリで、この子は準ミスだった気がする。

「友達って、そのままの意味？」

上目遣いに俺を見上げてくる彼女はとても可愛いが、その仕草がどこか計算されているように感じるのはうがった見方だろうか？

「……え？」

「普通の友達になりたいの？　彼氏じゃなくって？」

戸惑った様子の女性を見つめながら、ちょっと意地悪だったかなと思う。これまではこんなふうに対応したことなかったんだけど。

「……あの……、時々大学で夏越さんのことを拝見してて……とても素敵な方だなぁって思ってました。……今おつき合いされている彼女はいないって聞いたので……」

一か月前の俺だったら、返事はイエスだ。こんな可愛い子に告白されたら喜んでつき合っただろう。

突然視線を感じて右手の図書館を振り返ると、一階の窓際に立つ男性の姿が見えた。

（——え⁉　恭介？）

反射的に目線を前に戻す。

屋外からだと館内は暗くて見えづらかったが、あの抜群にスタイルのいい立ち姿はきっと恭介だ。

（ヤバい……）

なんというタイミングの悪さ。偶然にしても恐ろしすぎる。

恭介には俺センサーでも付いてるのか⁉

「夏越《なごし》さん？」

黙り込む俺に心配そうな声がかかる。

「あー、……俺、好きな人がいるんだ。ごめん」

芳野と名乗った女の子は驚いたように俺を見つめ返した。

（俺がフリーになったから、断られることはないと思ってたんだろうな）

これまでの俺は、告白されたら「まずは友達になろう」なんて軽いノリで答えてたし、一緒に過ごしてみて楽しい子だな可愛いなって思えば、すぐにつき合っていた。俺的には彼女を大切にしていたつもりだったけど、今思えばただのダメ男だ。とはいえ、そういう気安い関係も含めて大学内で友達との交友が広がったところもある。

きっとこの子もそんな俺の噂を知っていて、自分の容姿への自信も加わって、断られることを想定してなかったんだろう。

「……友達でもいいです」

「え？」

「友達からで構いません。私のことを知っていただいて、それから考えてもらえませんか？」

これまでは俺の方が「友達になろうか」と言う立場だったから、相手からこういう反応が返ってくるのは初めてだ。

「特定の方とおつき合いはされてないんですよね？　だったら、今はただの友達でもいいです」

グイグイくる感じが新鮮だな。

——と思っていると、体の右半分に非常に強い視線と圧を感じる。これは絶対に振り向いちゃいけないやつだ。

「そこまで言ってもらえて嬉しいんだけど、俺、今は好きな人のことだけ考えていたいから、ごめんね」

本当は相手の反応を確認して、フォローもちゃんとすべきなんだろうけど、図書館から送られてくる冷周波への対処が最優先なので、俺はそれだけ告げてその場を去ることにした。もちろん、進行方向は左だ。

今までで一番ひどい断り方だったけど、彼女に関してはこれで良かったのかもしれない。自分の容姿に自信があるのがはっきりと見て取れたし、このまま友達づき合いを始めてもいろいろ面倒くさいことになりそうだ。

次の授業まで一コマ分の空き時間がある俺は、予定どおりサークルの部室で時間をつぶすことにした。

（さっきの女性は俺のスケジュールを把握してたのかな……）

管理棟から出てきたところを待ち伏せしてたわけだし、俺が学生課に行った後、時間的に余裕があるのも知ってた可能性が大きい。まぁ告白するために事前確認をするのは当然かもしれないけど、用意周到すぎるのは少々怖い気もする。

そんなことを考えながら、閑散としたサークル棟に足を踏み入れる。昼過ぎのこの時間、棟内に人の気配はない。活動時間以外は施錠が原則なので、鍵を持つ者以外は出入りができないからだ。

（昨日たまたま鍵を預かっててラッキーだったな）

鍵を開けて部室に入ろうとした時、背後から靴音が響いた。どこかのサークルの部長でも来たのだろうかと振り返ると、冷気をまとった超イケメンが俺に微笑みかけた。

「一緒に空き時間をつぶそうか、澪」

ここにも俺のスケジュールを把握しているやつがいた。

マジでガクブルである。

俺に続いて室内に入ってきた恭介は、おもむろに部屋の内側から鍵をかけた。

施錠すること自体は普通なんだけど、とにかく空気感がヤバくて震える。現在の体感温度、零下二十度。

「さっき図書館にいたよな?」

できる限り平然とした態度を心がけながら、俺から質問を振ってみる。別に悪いことしたわけじゃないし、ビクつく必要はない。

「ああ」

やっぱり。立ってるだけで様《さま》になる男なんてそうそういない。暗がりの中の姿をほんの一瞬見ただけなのに、ちゃんと恭介だって認識できた俺って、かなり偉いよな。

俺が手近にあった椅子に座るのを確認して、恭介はその対面に置かれた椅子に腰を下ろした。

「全部見てたんだろ? 俺、ちゃんと断ったからな」

一か月前だったら即オッケーした——なんてことは、もちろん口が裂けても言わない。

無言のまま、恭介が俺をじっと見つめる。氷点下だった冷気はやや緩んだ気もするが、俺をガン見してくる目の色が怖い。

「なんて言って断ったんだ?」

「あー……好きな人がいるって、そう答えたよ」

それってておまえのことだよー、なんて。本人を前にしてこんなこと言うの、めっちゃ恥ずかしいな。

ちょっと告白めいた感じもあって、照れくさくて下を向く俺に、

「恋人がいる、じゃなくて?」

トーンダウンした声がそう応じた。

「『恋人』でも『つき合ってる人』でもなく、どうして『好きな人』なんだ?」

予想外の反応に驚いて顔を上げると、恭介の表情が能面みたいになっている。いやいや怖いって――!

「さっきの女は、まだチャンスがあるって思ったはずだ」

「そこまでしつこくないだろ。『好きな人がいるから』って断られたら、普通はあきらめるよ」

「そんな簡単に澪のことをあきらめるはずがない」

「なんでそう決めつけるんだよ。おまえほどじゃないにしろ、俺だってかなりモテるんだ。大学に入ってから六回くらい告られて、半分くらいは断ったけど、その子たちとだって普通に友達づき合い続けてる。もちろんストーカーみたいなのに遭ったこともないし」

「澪は友達だと思ってるかもしれないが、彼女たちは今でもおまえのことが好きかもしれない」

「まぁ、そういう可能性もあるかもしれないけど……だからって、俺にはその気がないんだから問題ないだろ?」

沈黙が落ちる。

「……澪は自分のことがわかってなさすぎる」

「どういう意味だよ?」

恭介は不思議な表情で俺を見つめた。

「おまえは〝光〟なんだよ。……キラキラしてて、綺麗で、眩しくて、温かくて……そばにいると、自分も光の中にいるような気持ちになる」

真剣な顔でそんなこと言われて、どうしていいかわからなくなる。ましてや、好きな相手に熱い眼差しを向けられながら口説き文句みたいに言われたら。

「だから、心に欠けた部分があればあるほど、おまえの光が欲しくなる。……おまえを手に入れたくなるし、手放すこともできなくなる」

顔がカアッと熱くなる。氷点下だったはずの室温はいっきに夏の気配。

「……『恋人がいる』って言わなかったのは、噂が広がらないようにするためだよ」

恥ずかしくて俯いたまま、俺は言葉を続けた。

「俺って今までつき合ってる彼女とかオープンにしてただろ？　だから、俺に新しい恋人ができたって知ったら、みんな相手を見せろって絶対うるさく言うと思うし。教えなかったら教えなかったで、自分たちで捜し出そうとするやつらもいそうだから。……やっとおまえと同居できるようになったのに、そんなことでいろいろ探られて、一緒に暮らせなくなったりするの嫌だから」

ガタンと椅子が音を立てた。

立ち上がった恭介がテーブルを回って俺の方へ歩いてくる。下を向いたままの俺を恭介が横から体ごと抱きしめてくる。

「澪、顔上げて」

めちゃくちゃ甘い声で囁きながら、俺の髪にキスを落とす。

「やだ」

真っ赤になってるだろう顔を見せたくない。

「澪、頼むから。こっち見て」

「やだ」

俺を抱きしめていた腕が離れていき、ちょっと寂しいなと思った次の瞬間、恭介が俺の前にひざまずき、両の手のひらで俺の頬を包んだ。

「キスさせて」

優しく指で頬を撫でられ、懇願するような声音を出されたら抵抗なんてできるわけがない。

ゆっくり顔を上げると、目の前に蕩けそうな表情の恭介がいた。

「愛してる、澪」

恭介の瞳の中に映る俺も、同じように恋に溺れた男の顔をしているんだろう。

瞳を閉じると、唇に温かい吐息を感じた。すぐに柔らかい感触が唇全体を覆い尽くし、そのわずかな接触で酩酊するような快感が生まれる。触れるだけのバードキスを繰り返しながら、俺たちは立ち上がり、体全部を押し付け合うようにして激しい抱擁を交わす。口づけも深さを増し、互いの唾液を交換する淫らな音が室内を満たし始める。

(だめだ。このままじゃ止まらなくなる……)

この場所でこれ以上の行為をしたくない。自分が逆の立場で、部室でそんな事をしてる部員がいたとしたら絶対嫌だし。

「……きょう……すけ……だめ、だ……」

「鍵もかけたし、いいだろ?」

俺の腰に恭介の硬く勃ち上がった塊が当たる。俺の方も負けず劣らずギンギンになっている。

「俺だって……したいけど、ここでは嫌なんだ」

俺の切実な口調に、恭介の動きがピタリと止まる。

「……わかった」

荒くなった息を整えながら、恭介が脚を広げるようにして椅子に腰を下ろす。その股の間で大きく隆起しているモノに思わず視線が釘付けになる。一瞬、そこにまたがり腰を振る自分の姿を妄想してしまったが、なんとか理性を総動員して目をそらす。

「……ごめん」

「いや、澪の気持ちはわかるから……。俺の方こそ、つい夢中になって……ごめん」

情欲を孕んだままの沈黙が落ち、もう一度触れ合いたいという誘惑に負けそうになる。

(このままじゃマズい)

この雰囲気とお互いの股間を落ち着かせなければ。

そう思って必死に考えを巡らしていると、ふと恭介の元彼女の顔が浮かんだ。

「……そういえば、今日告白してきた女の子って、確か去年のミスコンに出てた子だと思うんだよな」

突然の話の流れに、恭介が怪訝そうな視線をよこす。

「相川がグランプリ取っただろ？　去年の学祭で」

「ああ。……あれに出てたのか」

ようやくコンテストのことを思い出したらしい。

（相川もこんな男が彼氏で張り合いなかっただろうなぁ）

もともとこういうイベントごとには無関心なやつだけど、自分の元彼女が女子アナの登竜門とか言われてるミスコンでグランプリ取ったっていうのに、リアクションが薄すぎるよな。

「――でさ、……恭介は相川と別れ話した時、なんて説明したわけ？」

思い切ってそう聞いてみる。

それについて尋ねてみたいと、実はずっと思っていた。でも、元カノとの会話を聞くなんて失礼だと思って遠慮してたんだ。

けど。

「恭介だって俺に聞いてきたんだから、教えてくれてもいいだろ」

困ったような表情で恭介が前髪をかき上げた。その仕草が、恭介が困惑した時の癖だっていうのは、俺も最近気づいたばかりだ。

「……好きな人ができたから、別れてほしい……」

渋々といった様子で恭介が口を開く。

「それから?」

「それだけだ」

「えっ!? ……まさか、その一言だけ!?」

「ああ」

二年間もつき合った彼女に対して、たった一言しか説明しないとか、ありえなさすぎる。

「相川はなんて?」

「『わかった』って応じてくれた」

相川、不憫すぎる……。恭介の性格を理解してるからこそ、何も聞けなかったんだろうな。

それにしても——。

「で、どうして『好きな人』なわけ?」

俺のその問いかけに、恭介が微かに眉をひそめる。

「『恋人』とか『つき合ってる人』じゃなくて、『好きな人』って言った理由は? 相川だって、恭介に両想いの相手がいるって知らされなきゃ、あきらめきれないかもしれないだろ」

彼女がどれだけ恭介に夢中だったかなんて、二人を見てた人間なら誰でもわかる。

「その心配はない」

「なんでそう言いきれるんだよ？」

「俺は、彼女に好きだって言ったことが一度もないんだ」

意味がわからない。

「……それって、どういう……？」

「言葉どおりだ。相川とつき合ってから一度も、俺は彼女に好きだと伝えたことがない」

思わず絶句する。

なんという冷血漢《れいけつかん》。

「でも、おまえ……相川なら結婚してもいいとか言ってたよな？」

「結婚は恋愛感情だけでするものじゃないだろ？　あの頃は、価値観を共有できる相手がいいと思ってたんだ」

確かに友達同士だった頃、俺は恭介に対して恋愛感情とか性欲とかが極端に薄いクールなやつなんだろうと思ってた。

でも、本当の恭介は、むしろ真逆で――。

「澪と暮らすことが決まってから、相川には『好きな人とつき合えることになった』って報告した」

（好きな人とつき合えることになった……？）

　言葉の意味がわからず戸惑う俺に、恭介が困ったような笑みを見せる。

「相川に、恋人がいるって言えなかったのは、俺に自信がなかったからだ」

　あまりにもらしくないセリフに、思わず目の前の恭介を凝視してしまう。

「俺と澪の関係は、体の繋がりから始まっただろ？　俺が澪に気持ちいいことを教え込んで、なし崩し的にそういう感じに持ち込んだから、……やっぱり無理だって、いつか澪にそう言われるんじゃないかって怖かった。……俺は初めてキスした時から澪に夢中になったけど、澪は快楽に流されただけで、そのうちこの関係をやめたいって言い出すかもしれない。そう思ってたんだ。……実際、友達に戻ろうって言われたしな」

「……恭介」

「だから、澪がずっと一緒にいようって言ってくれた時、本当に嬉しかったよ」

　どこか憂いを秘めた微笑を向けられて胸がいっぱいになる。

　誰よりもカッコよくて、嫌味なくらいなんでもできて、望めばどんな物でも手に入れられそうなこいつが、俺のことに関してだけは自信をなくすなんて。

　自分の弱さを晒してまで俺に愛を乞う目の前の男に、言葉にできないほどの愛おしさを覚える。

　俺は恭介の膝の上に跳び乗って、逞しい体を思い切り抱きしめた。

「本当におまえって、俺に惚れすぎ！」

目の前の端正な顔へ思いを込めてキスの雨を降らせる。

「ああ、認めるよ。俺は澪のことが好きすぎる。いつだってそう言ってるだろ？　もしかして、信じてなかったのか？」

くすぐったそうに笑いながら、恭介が答える。

「もちろん信じてるよ！」

俺たちは互いを強く抱きしめ合い、そして何度も優しく甘いキスを交わした。


キスだけでイケそうだ。～そして、俺たちは堕ちていく～【完】

書き下ろし番外編

始まり　～大学一年～

始まり　〜大学一年〜

第一印象は「うわー、すごいイケメンだ！」だった。

目が合った瞬間、ドキッとした。俺の住んでた田舎ではもちろん上京してきてからも見たことのないレベルの美形だったし、人を圧倒するような独特の雰囲気もあって、視線が外せなくなった。真っ直ぐに俺の方へ歩いてくる姿に見惚れながら、背高いなー、かっこいいなー、もちろん先輩だよなぁ、なんて思ってたら同じ一年生だって言われて驚いたのを覚えてる。

後日、容姿が飛び抜けてるだけじゃなくて、父親は大企業の社長で綺麗な母親と可愛い妹がいて、頭もめちゃめちゃいいらしいって噂を聞いて、羨ましいとか妬ましいとかいうより別世界の人間だなって感じたりもしたけど、実際にしゃべってみると気さくで話しやすくて、いつの間にか学部は違うのに俺はそいつとつるむようになっていた。

一見冷淡そうに見えるのに、本当は面倒見がよくて優しいやつだって気づいた頃には、俺の中での恭介は特別な親友ポジションだった。九州の片田舎から東京に出てきた俺には近くに住む親戚や友達は皆無だったけど、寂しさや不安を感じずにいられたのは恭介の存在が大きかったと思う。恭介といるとすごく落ち着くし、くつろげる。趣味が同じわけでもないのに毎日のように会っても話のネタが尽きないし、本音でいろんなことを話せて、くだらないことで笑い合って、困った時には助け合える存在。それが恭介だった。

恭介は入学直後から学内で注目の的になっていたが、近寄りがたい怜悧な雰囲気と顔立ち、そして誰に対してもクールな態度を崩さなかったから、みんな遠巻きにチラチラ見るのが関の山だった。

——そんな状況に変化が出てきたのは、俺が原因だった。

◆

学校の最寄り駅から電車で十五分。都内でも有名な繁華街の道を俺たちは携帯電話のマップを見ながら歩いていた。

「おまえ、毎日毎日遊びすぎだろ」

「え!? いや、そんなに毎日じゃない、けど。……やっぱり、そうかも……」

呆れたような恭介の言葉に、返す声がだんだん小さくなっていく。

「そろそろ試験とレポートの準備しないとまずいぞ」

「うん」

勉強に本腰入れなきゃと思うと、自然と目的地に向かう足取りは重くなる。

「そうなんだけどさ……『どうしても来てほしい』って頭下げられちゃうとなぁ……」

「そういうの何回目だよ」

「えーっと……何回目だろ？」

実際のところ、ほぼ毎回そのパターンだと言っていい。「酒井くんと一緒に」とセット指名されるのもいつものことだ。一度オーケーを出してしまうと、それ以降はノーと言いづらくなることに気づいたのはゴールデンウィーク明け。そこからは合コンやら食事会やらイベントやらに次々と誘われるはめになってしまったのだ。

隣を歩く恭介がこれみよがしに大きな溜め息をつく。

「おまえなぁ――」

「わかった！　今回で最後にする！　試験期間が終わるまで遊びには行かない」

説教になりそうな恭介の言葉を遮ってそう宣言すると、

「本当だな？　……頼まれても、次から俺は行かないからな」

渋い顔をしながらも一応了解してくれる。

「うん！」

（とか言いながら、毎回つき合ってくれるんだよなぁ）

　学生たちの間では、直接恭介に誘いをかけても断られるが、俺経由なら成功率が格段に上がると噂になっているらしい。もはやセット指名というよりマネージャー扱いに近い気がするが、恭介にとって俺が特別らしいという事実に悪い気はしない。

「それと……、アルコールは飲むなよ」

「わかってるよ」

　おまえは俺の母ちゃんか、っていうツッコミは心の内にとどめて、俺はにっこり笑ってそう返した。ノンアルコールのドリンクだってお酒の雰囲気は十分楽しめるしな。

　でも、こう釘を刺されるのは何回目だろう。最近は毎回言われてる気がする。

「恭介、心配しすぎ」

「心配もするだろ。先週だって先輩からアルコール飲まされてたの知ってるんだからな」

「あー、あれは不可抗力だよ。ジュースだと思って注文したらカクテルだったわけだし。……それに、おまえだってちょっとくらいはアルコール飲んだことあるだろ？」

「そういう問題じゃない」

「じゃあ、どういう問題だよ」

　足を止めた恭介が真剣な表情で俺をじっと見つめる。

「……な、何……!?」

「…………」

「なんだよ。……言いたいことあるなら、ちゃんと言えよ……」

「……自分じゃ気づかないか……」

聞き取れないくらい小さい声で、恭介がボソリと呟く。

「え!? 何……!?」

「もういい」

そう言い放ち、スタスタと歩き出す恭介の背を追いながら、俺はもやもやした気分を抑えられない。

「よくないよ。気になるだろ！」

食い下がる俺にちらりと視線を投げて、

「おまえ、妹がいるって言ってたよな」

と突然尋ねられる。

「ああ、いるけど。それがどうした？」

「……おまえの妹が大学生になって、飲み会に行くって言ったらどうする？」

急に妹の話を振られて、一瞬ぽかんとするが、

「んー、……あんまり夜遅くまで出歩くな。参加するメンバーを事前にしっかり確認しろ。アルコールは飲むな。――かな？」

現在小学生の妹が大学生になった将来を想像しながら答える。

「そういうことだ」

「は？」

だから、どういうことだよ。

妹を心配する気持ちが「一緒」ってことか？

つまり、恭介が俺を心配するのは、妹に対してと同じ……!?　いやいや同級生の俺が、なんで妹ポジなんだよ!?　この場合は弟か？

思わず足を止めてしまった俺を置いて、恭介はどんどん先に歩いて行く。

まったくどうして保護者みたいなことを言うんだか。――と思いながらも、なんだかちょっと嬉しい。それだけ大事に思ってくれてるってことだもんな。

「俺、王子って呼ばれてるんだぞ」

駆け足で追いついた俺に恭介が意味深な笑みを見せる。

「知ってるよ。教育学部のプリンス、だろ？」

完璧な王子然とした恭介から言われると、そのあだ名はちょっと恥ずかしい。

「そう！　つまり、俺は女の子を守ってあげる立場なんだよ。わかるだろ？」

「ああ、わかってる。大学生の男にいちいち『酒を飲むな、夜遅くに一人になるな、アパートの鍵はしっかり閉めろ』なんて言うのは無しだって、ちゃんと理解してる。……でも、仕方ないんだよ。おまえを見てると、どうしても心配になるんだから」

「ふーん、そっか……」

珍しく素直に答える恭介につい俺の顔が緩んでしまう。

「恭介って、見かけによらず面倒見がいいよなぁ！　そういうの嫌いじゃないよ」

「なんだよ、上から目線だな」

「だって、おまえが俺のことを大好きなんだなぁ、っていうのが伝わってきたからさ」

ニヤニヤする俺と対照的に恭介が渋面になる。

「まあ、否定はしないが……」

不本意そうな恭介の横顔を見てると、なんだが気分がいい。

「――で、今日はなんの集まりなんだ？」

「プログラミングのクラスで一緒のやつに誘われたんだけど、……自由参加の懇親会みたいな集まり？」

「学内の？」

「うん。教育と経済と商学あたりのメンバーだって言ってたから、恭介も知ってるやつがいるんじゃないかな。……恭介とお近づきになりたいやつがいっぱいいるんだってさ」

「俺がそういう集まりとか好きじゃないって、わかってるよな？」

「うん、ごめん」

「いや、別に謝らなくてもいいんだ。澪なりに俺の交友関係を広げてくれようとしてるのは理解してるし」

恭介は他人との交流を必要としないタイプで、俺が声をかけなきゃ大学でもずっと一人で行動してるんじゃないかと思う。それはそれで独立独歩な感じがカッコイイし、別に他人と繋がることがすべてじゃないってわかってもいる。でも、恭介には大学生活が楽しいと思ってほしいし、これだけ人気者なんだから、どんどん友達をつくっていったらいいのにって思うから……。

ポンと頭に触れられて隣に目をやると、

「いつも誘ってくれて、ありがたいと思ってるよ」

イケメンの優しいセリフと微笑に胸がドキッとする。

「……恭介っ！」

「こんなとこで抱きつくな」

思わずハグしようとした俺は我に返って周囲を見回す。確かに夜の繁華街は人がいっぱいで、恭介のルックスで視線もかなり集まってるから、行動には気をつけねば。

と思った時――。

「こんばんは。酒井さんと夏越さん、ですよね？」

声をかけられて振り向くと、可愛い女の子が三人立っている。名前を知ってるってことは同じ大学の学生なんだろう。

「もしかして、『モナロゼ』？」

「はい」

　イタリアン・レストランの名前を言うと、三人とも嬉しそうにうなずく。

（あー、これってもしかすると……）

　恭介に目を向けると、俺と同じことを考えたらしく、面倒くさそうな表情を見せている。

　すぐ先の角を曲がるとレストランの看板が見え、店の前で待ち合わせしてたらしい女の子たち二人が合流してしゃべり始める。

　先頭に立って店のドアを開けると、貸し切りの店内に見知った顔が複数いる。

「夏越、今日は来てくれてサンキュー！」

　俺をこの集まりに誘った角島《かどしま》が軽く手を挙げた後、速足で近づいてきた。

「酒井くんも参加してくれてありがとう」

　俺の後に入店してきた恭介に満面の笑みを見せる。

「ああ。……今日の集まりって、もしかして合コン？」

「あー、いや、そういうわけじゃないんだけど……まぁ、そんな感じも、多少はあるかな」

　歯切れの悪い口調で、ばつの悪そうな表情を見せる。

「なんだよ。じゃあ、初めからそう言えよ」

「そういう目的だけで集まったわけじゃないからさ。新入生同士で親睦を深める、ってことで」

ぶつくさ言う俺に調子のいい笑顔を見せつつ、

「夏越たちのおかげで、今夜は可愛い女の子がいっぱい来てくれたんだし。ラッキーじゃん！」

角島ってこんな軽いやつだったのかよ……と若干落胆しつつ、振り返って視線で恭介に詫びを入れる。俺の表情を見て察してくれたらしく、恭介が承諾の意で小さくうなずいた。

（俺と恭介は客寄せパンダじゃねぇぞ）

大学に入って一番感じたのは、色恋目的の学生が本当に多いということだ。彼女が欲しい、彼氏が欲しい、カッコいい人を見つけた、可愛い子がいないとか、そんな話ばかりが飛び交ってて、いい加減辟易する。

もちろん俺だって恋愛に興味があるし、素敵な彼女ができたらいいなって思ってはいるけど、人生で一番自由な時間の大学時代をそれだけで終わらせたくはなかった。いろんな人と出会って、たくさんの経験をして、今だからしかできないことに挑戦してみたい。

だから、合コンの誘いはできるだけ避けるようにしていたし、恭介にいたっては完全に女の子を集めるためのアイテムみたいに考えてる男たちがいて腹立たしかった。

（いっそのこと、恭介が女の子全員かっさらっちゃえば、男どもの哀れな顔が見れるんだろうけど……）

だが、その可能性はゼロだ。

恭介は俺以上に恋愛の駆け引きみたいなのを嫌ってるから。

「なんか……ごめんな」

角島が友人に声をかけられて離れていったのを機に、俺は恭介に謝罪する。

「ちゃんと内容を確認しないで、参加するって安易に返事しちゃったから……」

「いや、澪のせいじゃないよ。たまにはこういうのに顔出しするのもありかもしれないしな」

うっ、優しいっ……！

こんなに優しくてカッコよくて頭もいいんだから、他の男なんか蹴散らして、女子の人気ダントツに決まってるぜ！（まぁ、俺だってかなりイケてるけどな！）

「でも、やっぱりごめん」

意気消沈する俺の肩に恭介が腕を回してくる。

「俺がおまえを心配する理由がわかったろ？」

「……うん」

友達にあっさり騙されるなんて情けない。ついさっき「俺は王子だ！」なんて豪語したのが恥ずかしすぎる。

（「夜遅くまで出歩くな。参加するメンバーを事前にしっかり確認しろ。アルコールは飲むな」）

妹に向けたはずの自分の言葉を噛みしめてみる。まったくもってその通りだ。

「そろそろ時間なので、皆さん席に着いてくださーい！」

幹事役らしい角島が声を張り上げると、散らばってしゃべっていた男女が中央のテーブルに集まってくる。

男性五人、女性五人の計十名だ。

「各自好きなところに座って下さい。男女別じゃないから、話したい相手の隣に座っていいですよ～」

おちゃらけた口調に若干イラッとしてしまうのは否めない。

「恭介、ここに座れよ」

恭介狙いの子に囲まれると面倒だから、俺はテーブルの一番端の席を勧めた。並んで座った俺たちの目の前には、さっき店の外で会った女の子たちが陣取っている。恭介の前には最初に声をかけてきた美人が座る。

（そういえば、俺たちの名前を知ってたよな……）

「自己紹介といきますか！」

全員が席に着いたのを確認して、角島がそう宣言する。男性メンバーから歓声が上がり、次々と立ち上がって自己紹介していく。順番が回ってきたので、俺も席から立ち上がった。

「教育学部一年の夏越澪です。サークルは学内の『歴史愛好会』に所属してます。趣味は映画観賞とスポーツ。スポーツは球技系なら見るのもプレイするのも好きです」

俺の後に続いた恭介は名前と学部だけを告げて席に着いた。他のやつらみたいに面白いことを言わなくても、女子全員の熱い視線がここぞとばかりに集まっている。

「じゃあ、続いては女性陣にも自己紹介してもらいましょう。一番端の彼女からどうぞ！」

指名されたのは恭介の目の前に座る女性だった。

ひときわ目を引く美貌の彼女は、綺麗な所作で立ち上がると小さく頭を下げた。

「経済学部の相川奈穂です。趣味は読書と音楽で、音楽はジャンル問わず、演奏するのも聴くのも好きです」

上手いな、と思う。

趣味に読書と音楽を挙げておけば、ほとんどの人間と会話の糸口がつかめるし、共通の話題も見つかりやすい。さらに「演奏」と言いながら楽器のことに触れていないから、何の楽器を演奏するのか興味を持たれやすい。

経済学部だと恭介と一緒だ。そう思ってチラリと隣を見ると、俺の視線を感じたのか、恭介と目が合う。

「相川さんのこと、知ってた？」

少し体を寄せて小声で尋ねると、

「いや、知らない」

と、恭介らしい答えが返ってくる。

同じ学部にこれだけの美人がいたら、普通なら気づいて当たり前だが、まぁそこは恭介だからな。

相川さんが恭介を意識しているのは明らかだし、恭介さえその気になれば美男美女のお似合いカップルになりそうだ。

自己紹介が終わって乾杯すると、あらかじめオーダーされていたらしいメニューが続々と運ばれてくる。学生たちのイベントごとに参加する時にいつも思うが、さすが富裕層の子供たちが多いと有名な大学だけあって、店のセレクトもメニューもランクが高い。食事もかなり美味しくて、安い会費しか徴収していない幹事をちょっとだけ見直した。（たぶんコネとかあるんだろうが）

やがて食事を終えたメンバーがソファ席やカウンターバーに移動しておしゃべりを始める。

「酒井さん、よかったらお話しませんか？」

相川さんが恭介に話しかけるのを見て、やっぱりなと思う。明らかに落胆している男性陣には悪いが、恭介を呼んだからにはこれくらいは想定しておかないとだろ。

「夏越さん」

背後からの声に振り向くと、大人しそうな女の子が恥ずかしそうに目を伏せている。

（俺も恭介も、そろそろ彼女ができていい頃かな……）

気の合う男同士で遊んでる方が楽しいなんて思うのは、そろそろ卒業かもしれない。

「二階にテラス席があるって言ってたから、一緒に行ってみる？」

俺は目の前の彼女を誘って、二階へと続く階段へ足を向けた。

書き下ろし番外編・始まり ～大学一年～ 【完】

初出一覧

プロローグ　（旧題：キスから始まるエトセトラ）
「ムーンライトノベルズ」(https://mnlt.syosetu.com/) 掲載時作品を加筆修正

キスだけでイケそうだ。～そして、俺たちは堕ちていく～

「ムーンライトノベルズ」(https://mnlt.syosetu.com/) 掲載時作品を加筆修正

野獣彼氏のしつけ方、教えて。
ネオアルド社発行の電子書籍収録

愛を乞い、そして幾度も愛を告げよう。
フリードゲート社発行の電子書籍収録

番外編 / 始まり ～大学一年～
書き下ろし

FGマーキュリー
FG MERCURY

キスだけでイケそうだ。
〜そして、俺たちは堕ちていく〜

2022年12月26日　第1刷発行

著　者　影村 玲

発　行　フリードゲート合同会社

発　売　株式会社 星雲社（共同出版社 流通責任出版社）

印刷所　株式会社 光邦

校　正　花塔 希

ISBN 978-4-434-31253-3　C0093

お買い上げありがとうございます。当作品へのご意見・ご感想をお寄せください。
〒104-0061 東京都中央区銀座1-22-11 銀座大竹ビジデンス 2F
フリードゲート合同会社　編集部